尹縣長
陳若曦◎著
陳雨航◎策畫

國家文化藝術基金會
對陳若曦榮獲第十五屆國家文藝獎讚詞：

小說家陳若曦以冷靜、含蓄、深刻的藝術手法，表現社會真實的一面；而其豐富的寫作經驗，見證歷史，顯露人性關懷，成就卓越；作品關切議題廣闊，涵蓋宗教、生態、弱勢、性別等面向，堪稱文學作家的典範。

目錄

◀一九五八年就讀台大外文系的陳若曦

▲一九六〇年與同班同學共創《現代文學》，前排（右二）白先勇、（左一）陳若曦、（左二）歐陽子，後排（右二）王文興。

▲在紐約中央公園。左起白先勇、歐陽子、楊美惠、陳若曦。

▲白先勇（左一）初到紐約遊赫德遜河，與夏志清（前坐者）、鮑鳳志（左二）、歐陽子（右一）、陳若曦（右二）合影。

▲一九六七年初台大外文系學長景新漢和傅小燕夫婦經歐洲回歸大陸，三人在北京天安門前留影。（《尹縣長》背景年代）

▲一九六九年陳若曦與長子段煉於南京玄武湖合影。

▶一九七一年陳若曦於南京華東水利學院校園留影。

▲一九七一年陳若曦與長子段煉（中）、次子陳賡（右一）、保姆（左）南京合影。

出版緣起：

享受發現與再發現之旅

一部份是際遇機緣，更大一部份是長期對文學出版的努力與累積，使我們有機會集結這一系列的精彩小說。

小說之能成為典藏，是有一些淘汰的過程要經歷的。這其中，時間會是一個重要的因素。在時間的洗禮之後，留存下來的著實不會太多，這只要從我們現在稱之為古典小說的例子中去考量便可知泰半了。

這一系列的小說能否值得典藏，固然有待未來，但至少到目前為止都還是經過一番考驗的，也有著很好的閱讀價值。它們有些是作家個人創作成果中的傑作；有些則是它被歸類的類型中的代表之作；有些更是它問世時代的經典之作……

好小說的內容和主題，於人性的本質刻畫常是歷久而彌新的。它能穿越時空讓讀者有普遍的感受，引發內心的共鳴。另一方面，時空背景的變與不變也饒富趣味。經過十年、二十年，一個世代，兩個世代，生活中的許多改變，讓我們有變化快速和頻繁之感。然而印證在小説裡，我們除了發現「果然如此」之外，會發現經過幾十年的變遷，有的小説裡的世界與當代生活竟是初無二致。這樣的時間落差，也是令人在閱讀中產生驚訝與趣味的來源，不論你是第一次閱讀這些小説還是多年後的重逢。

所以，享受你的發現與再發現的小説之旅吧。

生命經歷，小說完成

陳雨航

當回想陳若曦的《尹縣長》初初在台灣發表時的情景，我的腦海裏會浮上「石破天驚」這四個字。「石破天驚」給人的意象是強烈的、瞬間爆發的力量，《尹縣長》怎樣也合不上這個意象，然而，它的影響卻像強力波一樣，從波心向外推移擴散，也許不是爆炸，但力道渾厚，影響深遠。

或者不是石破天驚，但差不多是那樣的力量了。

原因當然是政治的，政治的影響真是無所不在。在《尹縣長》之前（和之後），當局的政治宣傳自然一直是用力的，單從「揭發共產暴政」這個項下，從文告、政治教材到藝文，未曾中斷過，但誰能真正了解「反右」、「三反」、「五反」……以至於「文化大革命」呢？《尹縣長》卻以具體化的生活內容呈現了文化大革命的本質，讓人們得以理解。在「文革」的訊息／資料尚未大量流出的當時，《尹縣長》這一文學形式表達的「文革真實」也引起了國際間的重視，《尹縣長》因而廣被國外報導，並翻譯出版。這效果的巨大，難怪連當時的蔣經國總統也要推荐這本書。

弔詭的是這本風靡了華人社會、影響廣泛的《尹縣長》卻是出自於嚮往新中國而舉家回歸，然後在七年後離開的台灣人陳若曦之手。

陳若曦是少數親身經歷文革時期生活的台灣人之一，而當要呈現這段生命經驗時，她曾經具有的專業、文學和小說寫作，發揮了關鍵性的功能。她的親身經歷，她的高明文學表達，使一系列六個短篇小說組成的《尹縣長》極具說服力，撼動了華人社會廣大的人心。當時有人懷疑小說內容的真實性，不願相信，然而當時間稍稍過去，更多的文革親身經歷、報導、文革史紛紛出現，那殺人如麻、血流漂杵的場景只見證了《尹縣長》的相對含蓄。

政治的影響無所不在（這也是《尹縣長》裏一個重要的主題），文學也是。當文學適度並準確地切入一個政治和社會現實時，它也可以是無所不在的，而大多數的時候，它的時間縱深還可以更長更遠，《尹縣長》正是如此。三十年後的現在，在談到文革這段中國歷史上的重大時期時，只要曾經讀過，我們很難不想到《尹縣長》。

且先不論《尹縣長》是不是為後來一波的台灣政治小說開了先河這樣的文學史論

題。陳若曦是怎樣的立場呢？她的立場是對人由衷的關心，是對人權不遺餘力的維護。離家多年之後陳若曦於一九八〇年第一次回台時，她是為「高雄事件」向蔣經國總統遞交海外知識份子的聯名信；她為要求釋放陳映真和魏京生一樣落力；她為「六四天安門事件」悲傷惋惜並聲援民主人士……

以《尹縣長》一書重新回到文學陣營的陳若曦，以此作奠定了她小說家的盛名。之後，小說家陳若曦有更深且廣的寫作成績。除了政治這一部分發聲，她更多時候是為女性發聲（許多的政治發聲，也常被同時歸納到這一部分）；近年來，還加上宗教的發聲。就像《尹縣長》並非刻意讓它成為政治小說一般，各方面的發聲只是便於區分，小說家處理的是生命的經驗。

《尹縣長》是這位主力落實在社會的小說家的重要「開始」，且一鳴驚人。

烏托邦的追尋與幻滅

白先勇

（一）

陳若曦原名陳秀美，是台灣台北市人，一九三八年出生。祖父、父親世代木匠，可以說是真正「無產階級」的女兒。一九六一年在台灣大學外文系畢業後，六二年赴美，曾就讀於Mount Holyoke College及Johns Hopkins University，主修英國文學，獲得碩士。一九六六年取道歐洲，去到大陸。前兩年留居北平，等待分發工作，時值「文化大革命」高潮，目擊紅衛兵在北平大串聯，觸目驚心的場面。後五年分發到南京華東水利學院教英文，其間曾派往農場，參加勞動。一九七三年，陳若曦離開大陸，在香港做短時期逗留，全家抵達加拿大，在溫哥華居住至今。

陳若曦跟我在台大外文系是同班同學，跟其他幾位級友一同創辦《現代文學》雜誌。一九六四年在美國東岸我們相聚後，其間有十二年未曾見面。七六年我邀請陳若曦到加州大學聖．芭芭拉分部來演講，我們首次重晤暢談。今年夏天，陳若曦全家到加州旅行，我們又有機會見面，互相交換意見，抒發感想。

有一天，在我家後院，我跟陳若曦談天，問起她大陸風景如何，她曾去過杭州西安橫越黃土高原，我原期望陳若曦將故國山河，大加渲染，描述一番杭州西湖、西安古蹟，但出我意料之外，她應道：

「大陸風景不如我想像的那麼美好。」

在我的記憶中，故國風光，山川雄壯，沒有一處不是好的。當然，我看到的三峽西湖，京滬線上的江南風景，是抗日剛勝利，舉國騰歡的時候。陳若曦遊西安，正當文革，時機不同，心情自然各異。如果陝西那邊發生過〈尹縣長〉那樣可悲可怖的事情，陳若曦還有心情遊山玩水嗎？其實人世滄桑，江山依舊，只是陳若曦未到大陸前，滿懷著追求烏托邦的理想，到了大陸，卻目擊到「文化大革命」那一場人類史上驚天動地的大悲劇，無怪乎日月無光，江山變色了。

我的學生問陳若曦離開大陸的原因，她回答：

「像一種宗教一樣，我對馬克思主義失去了信仰。」

對一種宗教或政治信仰的幻滅，有時候反而是一種解脫，一種新生的開始。然而對陳若曦，恐怕沒有那般輕鬆。大陸上還有那麼多的耿爾、任秀蘭、尹飛龍，他們受難的陰影，像一副十字架，會永遠壓在她的背上。那種眼看著自己同胞親人歷劫，而又愛莫能助的罪疚感，如同〈任秀蘭〉中陳老師所說那樣：「根深柢固地盤據在我心頭的一種感覺，像鉸鏈一般，今生怕是解不開了。」

人類自古至今，不停的在追尋烏托邦，在製造烏托邦。基督教的伊甸園，佛教的西天極樂世界，儒家的禮運大同，道家的世外桃源，還有無數政治家、革命家擬繪的烏托邦藍圖。使得人類如癡如狂，永遠不斷的在追逐這些美麗的遠景。

第一次大戰，加上世界經濟恐慌，三〇年代，西方知識份子，對資本主義工業社會普遍失望，當時有不少首要西方知識份子，醉心馬克思主義，對蘇聯標榜的無產階級烏托邦，抱有美麗的幻想。當時如英國名詩人奧登(W. H. Auden)，史班德(Stephen Spender)，名小說家以修伍(Christophen Isherwood)，莫不左傾，史班德還加入共黨，參與西班牙內戰。隔海的法國文豪紀德，也以左傾聞名。這幾位大作家，當然都是極有思想見解，觀察極敏銳的。他們左傾，一方面固然由於知識份子對社會改革及人道主義浪漫式的嚮往，但另一方面還是由於蘇聯宣傳厲害，把俄國描畫成無產階級的天堂。

曾幾何時，俄國農業失敗，農民大飢餓，史達林屠戮異己，實行恐怖政治的消息暴露，至一九三九年史達林與希特勒密約瓜分東歐，俄共的真面目乃畢露無遺。於是西方知識份子紛紛覺醒，有的脫離黨籍，如史班德，有的反身抨擊蘇聯政府，如紀德，他在〈蘇俄歸來〉中，對俄共做了毫不留情的批判。那是西方知識份子對馬克思社會主義烏托邦的第一次大幻滅。

陳若曦追尋烏托邦的心路歷程大概也跟紀德、奧登等人相類似，然而她幻滅後的痛苦，恐怕要比他們深得多。因為紀德等人看到的悲劇，到底發生在別人的國家裡，不免隔岸觀火。陳若曦卻身經煉獄，更有切膚之痛。幸虧陳若曦會寫作，可以把目擊到文革這場大劫難，作一個紀錄，向歷史作證。索忍尼辛離開俄國後，在法國召開的一個座談會中，預言二、三十年後，也會有中共越南的「古拉格群島」問世。不必二、三十年，中共的古拉格群島中的第一座島嶼——〈尹縣長〉——已經出現了。

（二）

遠在大學時代，陳若曦便開始小說創作，早期小說多發表於《文學雜誌》及《現代文學》。當時她還在嘗試階段，曾經實驗過多種風格，但其中如〈辛莊〉、〈最後夜戲〉，已經顯露了她日後質樸寫實的筆調，以及對下層社會人物苦難的同情。陳若曦在大陸七年，身歷「文革」，視野突然變得廣闊，對人生的看法也就深刻了許多。出來後，重新執筆，以平實的手法，從〈尹縣長〉開始，一個又一個的故事，描繪出中國人民，在共產極權專政的控制下，人性人倫受到最嚴重考驗的一幕大悲劇。

《尹縣長》是陳若曦出大陸後的第一本小說集，其中共收六篇。這些小說在報章雜誌上發表時，引起海內外中國讀者廣泛注意及熱烈爭辯。海外一些左派人士，曾經為文攻擊陳若曦，指控她誣衊中共，立場不正確。據陳若曦說，這些小說中的人物事件，倒都是真實的，任秀蘭連名字也沒有改。其實「文革」期間，大陸人民悲慘故事，多不勝數，陳若曦不必虛擬，已經取材不盡。至於立場，不平則鳴，是知識份子的天職，陳若曦在大陸上，看到「文革」時許多顛倒是非，公理不明的事情，她對中共制度的批判，理所當然。

然而《尹縣長》之所以產生如許震撼，最重要的，還是因為陳若曦是一位優秀的小說家，她以小說家敏銳的觀察，及寫實的技巧，將「文革」悲慘恐怖的經驗，提煉昇華，化成了藝術。《尹縣長》集中最成功的幾篇如〈尹縣長〉、〈耿爾在北京〉，已經超越了政治報導的範圍，變成闡釋普遍人性的文學作品，其說服力，當然比一般反共文學要高得多。

《尹縣長》集中六篇小說的主角，大致可分兩類：老幹部及知識份子。陳若曦以這兩種人為主角，因為文革期間，這兩個階級所受的災害最大。老幹部上至劉少奇、彭真，一直下來，株連萬眾，紛紛遭遇到兔死狗烹的悲慘命運，而知識份子，牽連更廣，著名的如老舍、傅雷、吳晗，皆死於非命，許多不死的也鬥成了廢人。文革，恐怕是有史以來中國知識份子，空前的浩劫。陳若曦對此自然會賦與較大的同情。

〈尹縣長〉是集子中最早的一篇，也是最有力量的一篇。陳若曦以經濟手法，將一個相當複雜的故事，交代得一清二楚。故事的基調，從頭至尾，是客觀的，冷靜的，甚至最後悲劇高潮，作者也予以有效的控制，達到了預期的效果。幾筆素描，便將尹飛龍這個角色，勾畫得稜角崢嶸，他「手背上的傷痕，像一條吃淨的葡萄枝梗，映著燈光，紅得發亮」。

尹飛龍的悲劇在於他死得不明所以。他投靠共產黨後，曾經積極表現，一心一意想做一個忠於黨的好幹部。但文革一來，尹飛龍也未能逃脫厄運，他並不了解文革的含義，也不明瞭他的罪名。臨刑時，他唯有高叫「毛主席萬歲」，以抗訴他的愚忠。最後一場，當然是小說的高潮，尹飛龍無告的悲憤，我覺得可以媲美關漢卿〈竇娥冤〉中搶天呼地的冤訴：

「沒來由犯王法，不提防遭刑憲，叫聲屈動地驚天。頃刻間遊魂先赴森羅殿，怎不將天地也生埋怨。」

尹飛龍和竇娥的哀號，都是對統治階級罔顧王法公理的抗議。〈任秀蘭〉中曾經參加游擊戰的老幹部任秀蘭也遭到尹飛龍同樣的命運：給打成了「五一六」，揹上莫須有的罪名。任秀蘭抗議的方式，殘酷到令人難以想像，自溺於糞坑。

在這兩則故事中，陳若曦以尹飛龍及任秀蘭的悲劇，對「文革」作了嚴正的批判：在一場是非不明，法紀窳敗的政治鬥爭中，大陸人民，人命草菅，生靈塗炭。文革如同一場黑死病，好人壞人，一齊遭殃。紅衛兵小張殺害尹飛龍，自己也終於被鬥。任秀蘭文革初期打擊別人，最後不得善終。這場鬥爭，沒有一個人是勝利者。

〈尹縣長〉中的幾個次要角色，也富有社會意義。尹老是一個相當突出的次要人物。他不肯做偽證，陷害尹飛龍，他代表了一股正義，一股人性本善的力量。在陳若曦這幾篇小說中，常常有老人的角色出現，他們雖非主要人物，但他們卻能在文革愁雲慘霧的生死場上，給人間帶來一絲冬日的溫煦。〈晶晶的生日〉中的保母老奶奶，〈耿爾在北京〉中的老夥計老魯，甚至看管任秀蘭的馬師傅，這些老人，當然都是舊社會的遺跡，他們沒有受過教育，也無法接受新社會的思想改造，然而在陳若曦筆下，這些老人，這些封建社會遺留下的人物，似乎都有一份基本的人性，一種人之所以為人的尊嚴，因為他們都保有舊社會中，中國人千古以來的所謂人情味，也就是共產社會所極力排斥的「小資產階級溫情主義」的包袱。陳若曦未必贊成舊社會制度，但她對舊社會中人與人之間那種義氣人情，顯然有一種鄉愁式的懷念。因為她看到新社會中拋棄了溫情主義包袱的新生一代，並不十分可愛。大義滅親的紅衛兵小張：「臂上套著五寸長的紅綢袖章，倒是非常耀眼，見了人喜歡把右手插在腰上，迫得別人不得不正視這紅袖章所代表的權威。」〈晶晶的生日〉中「左出奇」卓先生的兩個孩子，「幾條皮帶掄得呼天價響，個個殺氣騰騰的」。甚至於連〈值夜〉中的年輕貧農，〈耿爾在北京〉中的年輕夥計，這些新生的一代，在陳若曦的筆下，反而顯得囂張，輕浮，缺乏人味。陳若曦似乎對文革的新生事物，沒有太大的好感。

〈尹縣長〉這篇小說中的氣氛釀造，也佔有十分重要的地位。全篇是一股黃土高原，秋盡冬來的肅殺之氣，「滿天昏昏慘慘，一片黃濛濛」。「鐮刀似的月亮掛在山巔，聳入雲霄的群峰，在朦朧的月色裡，顯得陰森森的，宛如窺視著的猛獸，伺機要圍撲過來。」「到處都是觸目的紅色，紅字標語，紅色大字報紙，紅色招牌，一片觸目驚心的景象。」紅色象徵血，文革當然是一場殺機四伏，血腥滿佈的生死鬥爭了。

〈耿爾在北京〉是全集中最長的一篇，也是藝術成就最高的一篇。陳若曦以細膩的筆觸，非常成功的塑造了耿爾及小金這兩個人物。尹飛龍到底不是一個很複雜的角色，故事中他的遭遇比他的性格重要，陳若曦選擇了第一人稱旁觀者的敘述觀點，使讀者與尹飛龍保持了一段距離，達到客觀冷靜的效果。然而耿爾是一個留學高級知識份子，內心的感觸當然要曲折複雜得多，因此陳若曦運用了第三人稱主觀的敘述觀點，耿爾內心的所思所感，讀者歷歷在耳。

小說的調子是遲緩的，憂鬱的，一股壓抑的感傷，從頭貫穿到尾——這股憂鬱感傷的調子，正是耿爾的心聲，也就是這篇小說的第一主題：大陸知識份子理想幻滅後，心灰意懶，早衰麻木的心態。「很快的他便發覺自己容易疲倦，渴望著休息，但又失眠，工作時思路滯塞，一向引以自傲的記憶力也出現了衰退。他不用找醫生，便知道這是典型的神經衰弱症，無藥可施的。」這種無藥可醫的「心病」，陳若曦筆下其他幾個知識份子也患有。〈值夜〉中把書全部燒掉，專做煤油爐的老師傅，〈查戶口〉中太太與人有染，不聞不問，「暮氣沉沉」，「整個人像化石一般」的冷子宣。這些知識份子在中共專制鐵輪的滾壓下，鬥爭勞改，早已變成了槁木死灰。耿爾一有機會便去吃涮羊肉，與朋友「對酒當歌，人生幾何」。老傅做煤油爐，在寒夜裡煮幾根麵條充飢，算是唯一的享受。四十年代名詩人北大教授吳興華一九五三年曾從大陸寫信給林以亮先生，抄錄王安石詩，以做辭別：

願爲五陵輕薄兒　生當開元天寶時
鬥雞走狗過一生　天地興亡兩不知❶

吳興華於一九六六年文革時果然被紅衛兵鬥死。他這種悲痛消沉的懷抱，亦正是大陸知識份子普遍的心情。知識份子最痛心的是什麼？學不能致用，才不能盡展，建國的理想，改革社會的熱情，無由企達。耿爾回去後，早已經改了行，老傅常年在集體農場上，教書的熱忱，消磨殆盡，冷子宣，被鬥成了麻木不仁的「老運動員」。文革期間，學校關門四年多，文革前的書籍統統禁掉，無疑的，文革前後十年，是中國文化史上的黑暗時期，秦始皇焚書坑儒，莫與倫比。剛回大陸的知識份子柳向東，還會義憤填膺的自問：文化革命把文化革到哪裡去了？那些老知識份子，連這種問題也提不起興致了。在陳若曦的筆下，我們看到大陸知識份子，都在遭受一種精神的凌遲、精神的死亡。

古代中國，危邦亂世，道家的遁世哲學，往往是傳統知識份子的避難所，隱避山林，縱情詩酒，其實是一種消極的抗議。現在大陸知識份子無處可遁，他們抗議的方式是什麼？是不是像耿爾所說的，「處處是依樣畫葫蘆」大家心照不宣的說假話，玩世不恭？

其實耿爾只是一個相當平凡的中國知識份子。因是理工人才，覺得自己學問可以建國，便回到大陸獻身去了。中共對他還算照顧，科學院的薪水比較起來大概是不壞的，文革也沒受到折磨，然而耿爾非常抑鬱，文革一來，科學研究停頓，建國的理想落了空，抱負既不能展，如果婚姻愛情順利完成，也還足可彌補——他到底不是特別具有革命狂熱的人，回去時已是不惑之年了——但就在婚姻愛情這一點人性最基本的要求上，耿爾才發覺，原來在無產階級專政的社會中，黨的機器，對個人人性的控制，具有何等的威力，又是多麼的冷酷無情，耿爾的第一戀人小晴，因是工人階級，高攀不上，因而告吹。第二個小金出生地主家庭，成份太壞，「黨」不批准。於是耿爾在大陸虛度了十年，仍舊孑然一身，就是因為他本身的階級與小晴、小金的不相配，一個高不成，一個低不就。共產社會，只承認階級性，否定普遍人性。工人、地主、知識份子——這些抽象的階級符號，一旦烙印在背，個人的命運從此決定。忠奸立辨，黑白分明。階級性，立刻取代了人性。工人是好人，地主是壞人——這種簡化人性的二分法在馬列主義的邏輯裡，天經地義。

但是，超階級的人性真的那麼容易泯滅，那麼容易閹割嗎？——這才是陳若曦在〈耿爾在北京〉中真正要討論的問題。小說最後耿爾聞悉小金已嫁的一場，是全篇寫得最好的一段：

「你愛人……他現在在哪裡？」他故作輕鬆地問，雖然「愛人」兩字引起一份酸溜溜的感覺。「你瞧，我雖然失去了愛人卻多得到一個朋友。」

小金感激地瞥了他一眼，這才開口：「他是個老幹部，身體不好，年紀也大了……反正是，一直在吃老本。十多年來，一直在家裡養病。兩個孩子早成家了，都在東北工作，所以也不在乎別人批評。領導知道他需要人照料，自然，就不叫我下鄉了。」

可憐的女人……耿爾覺得從來沒有像眼前這一刻這樣憐愛著她。

他不過是一個失意的小資產階級知識份子，她，一個出生地主家庭的薄命女子，這一對在共產社會被目為落後份子的平凡男女，互相同情諒解相濡似沫的那一刻，他們那被極權專制壓抑得奄奄一息的人性，突地昂昂然抬起頭來，恢復了人性本有的尊嚴。這就是〈耿爾在北京〉的作者真正要闡釋的最終主題：在一個階級分明的專制社會裡，人與人之間，超階級片刻的同情與憐憫，才是人類唯一的救贖之道。

這個集子中其他四篇，小說藝術，成就不如前兩篇高。主要因為陳若曦在這幾篇中，急於要探究一些社會問題，而未能創造出完整的小說人物，但每篇所提出的問題，卻啓人深思，替共產社會，畫下了幾幅色調灰暗的速寫。

〈晶晶的生日〉，當然最叫人難以置信的是向一個四歲大的幼稚生逼供，但我們感覺到的，卻是文老師懷孕沉重的壓力。陳若曦似乎在說，在一個人人自危的社會裡，生命的本身就是一種不堪負荷的累贅。因為生了小孩下來，多了一張嘴，講錯話，大人又要遭殃。

〈值夜〉這個題目就富有反諷，既然知識份子下放是向貧農學習，又何必值夜，互相防範呢？原來貧農也會偷東西的，這恐怕是陳若曦最容易受攻擊的一點，她顯然不相信階級性很可靠，貧農不一定就是完人。

〈值夜〉中的柳向東代表了海外左派知識份子的一種典型，他們對馬列主義的了解，都是從書本上得來的。一回到大陸，在五七幹校的農場上，柳向東才發覺自己馬列主義的知識，是多麼的不切實際，都是書生之見。

〈查戶口〉雖然表面寫彭玉蓮不規矩的生活，但字裡行間，作者卻也似乎在暗羨她叛逆的勇氣。街坊鄰里好管閒事，互相偵查，其實是我們中國封建社會的傳統，在新社會中，這個傳統，反而變本加厲。人性的老毛病，有時候革命不一定革得掉。

《尹縣長》集中這六篇小說，對中共制度，作了各種角度的批判。陳若曦在大陸，顯然並沒有找到她理想中的烏托邦。從古至今書本中描寫得美侖美奐的烏托邦真是不少，然而在歷史上，人類的烏托邦真正存在過嗎？

有一天下午，在海濱，我們談話，陳若曦突然提到佛家哲學，有一切皆空的感覺。我說一個人經過大變動容易生這種念頭。她黯然道：「我現在才了悟，佛家的大慈大悲，實在是很有道理的。」大陸人民經過文革這場浩劫，大概只有我佛慈悲才能渡化吧。

——一九七七年秋於美國加州

❶見夏志清教授《林以亮詩話》序。

《尹縣長》新版自序

陳若曦

《尹縣長》在一九八七年出了二十七版後，有十七年之久不曾再版。其間曾想取回自印，卻因為出版社擁有「永久出版」的合約而作罷。

朋友都很訝異：「妳不是沒見過世面的人，留學美國，又兩岸三地走透透，怎麼會輕易把版權『永久』出讓呢？」

說來慚愧，其時人在溫哥華，睽違台灣十多年了，以為家鄉長年戒嚴，管制新聞和出版，出版合約必為既定模式，不可更動。僅有的顧慮是，以後出版選集要抽用部份篇幅恐有不便。在電話中與出版社老闆提起，他表示沒問題，打聲招呼即可。

過兩個月，另一家出版社出版我一本選集，我便選用了《尹縣長》中的兩篇。該出版社寄出合約時，先在電話中表示「合約內容可以按作者意願修改，雙方同意就行。」我這才知道，台灣的出版業相當活潑開放，並無固定契約。

其實出版社肯「永久出版」拙作是好事，苦的是長年不出版，又不讓作者拿回版權，讓人感到判了無期徒刑似的。這十年來，有些出版社編輯作家作品選，要求從《尹縣長》集中選敝人的代表作，常因轉載費太低而碰壁，也令人備感挫折。

去年九月，出版社突然又印了三百本，旋即傳來老闆遭逢變故的消息。聽說出版社的繼承人較好商量，我便親自交涉，終以十二萬元代價贖回了版權。蒙九歌出版社選為「典藏小說」叢書之一，得以校訂再版，欣慰感激就不在話下了。

台灣的民主日漸成熟，海峽兩岸的交流越發密切，約定俗成的用語漸漸融會貫通了。再版的集子因而取消了很多引號，相信讀起來會通順些。

毛澤東發動文化大革命，轉眼將滿四十年。隨著時光流逝，人們對這場幾乎革掉中華文化的政治運動，可能記憶淡忘了，甚或全然陌生。無論如何都是可惜的事，因為忽略歷史的經驗和教訓，悲劇可能一演再演。《尹縣長》寫作不夠完美，卻是那個荒謬、動亂時代的見証。讀者若能從中有所體會，譬如一個民族不追求民主進步並自我反省的話，會有集體瘋狂而墮落、淪亡之虞，作者將會感恩戴德，不虛此生矣。

——二〇〇五年三月於台北

尹縣長

晶晶的生日

九月初，外子從蘇北來信，說他們勞動快結束了，大概九月中旬可以回南京；正好九月十五晶晶將滿四周歲，他計劃帶孩子去逛中山陵。「來南京也有三年了，」他在信中說，「還沒有瞻仰過明孝陵、中山陵，心裡總覺得對不起金陵的山水。」

不是外子提醒，我眞還想不起晶兒的生日。這幾年在中國，我們連自己的生日也忘了。除了每年歲末，同事們奔走相告，要我拿購物證到糧店買一斤富強粉麵條——毛主席的壽麵——外，對於我，生日已成了歷史名詞。

接信的那天，我下班後去學校附設的幼兒園接晶晶回家。路上，忍不住把他爸爸的打算告訴了他。孩子聽到久違的父親要帶他出去玩，立刻喜形於色，圓乎乎的小臉綻開了笑容，就在路上跳躍起來。

忽然，他仰起小臉問我：「媽媽，生日是什麼呀？」

「生日就是生下來的日子。」我信口回答。

瞧他一臉似懂非懂的神色，我才悟起這個名詞的抽象性。那時，我正懷著老二，已經八個月了，肚子挺得山一般高。拉著晶晶的小手擱在我肚子上，我告訴他：「再過一個多月，娃娃就要出來了。他出來那一天就是他的生日。」

「生日！」

也不知懂了還是不懂，他只管高興地喊叫，蹦呀跳地往前衝。我在他後面跟得很吃力，趕到宿舍區的大門口時，望著節節上升的臺階，只剩下喘氣的份兒。我們住的虎踞關宿舍，一排排的平房沿著清涼山建築，一個大圍牆之內住了兩百多戶教職員工。我們的宿舍單元，正好在半山腰裡，這大熱天裡，一上一下，我都要出一身汗。那天，晶晶顧不上同大院子裡的小朋友打招呼，一路雀躍而上。

「奶奶！」他興沖沖地喊起來，原來是我僱請的老太太出來接他了。

因爲離預產期近了，外子又不在家，對鄰的王阿姨替我做主，僱了這位老太太，好幫著照料晶晶，將來我生產時，替我熬月子。老太太姓安，蘇北人，性子倒也頗爽直，才住進來兩天，已經同我們母子混得很熟了，一家三口過得頗爲融洽。

「奶奶，我生日啦！」晶晶迫不及待地嚷開來。

「爸爸要帶我……三三陵！」

「什麼，三三里？」安奶奶已六十開外，有些耳聾，聽成了城南一條家喻戶曉的老街名。

「是中山陵。」

我上氣不接下氣地趕上來糾正，心裡突然懊悔起來。這孩子口無遮攔，如果到處去喊他要過生日，人家豈不以爲我們做父母的滿腦子資產階級腐朽思想？這樣一想，我趕緊拉了他回家來。一跨進門立刻叮嚀他：再不許提生日的事，否則有一天他會變成老反革命了！孩子當然弄不清生日提不得的道理，不過，「老反」的意義他是曉得的，馬上繃緊了小臉，不住地點著小腦袋瓜。看那嚴肅的模樣，我放心了，就讓奶奶帶他去洗手吃飯。

但孩子究竟憋不住好消息，等他吃過飯去對門王家玩時，便告訴了王阿姨的獨子冬冬。冬冬七歲，剛從幼兒園升上了小學一年級，因爲是緊鄰，又同過幼兒園，與晶晶一向很要好，時常玩在一起。

「文老師，聽說晶晶的生日快到了，是嗎？」

那天晚上，王阿姨過來坐談時，劈口便問。

「噯！」我怪難爲情地承認。

王阿姨是幼兒園的保育員，正好看顧晶晶這個小小班——三歲到四歲的孩子。她有耐心，又會唱歌，孩子們很服她。許是廣東人的天性，王阿姨非常活潑健談，加上出身是「城市小貧民」——我從來弄不清這是什麼行業，有人說是無業遊民，我可從不敢求證於王阿姨——屬於紅五類份子，就顯得理直氣壯，說話時嗓門特別響。承她看得起，與我常有來往，晚上料理完家務後，不時過門來與我聊幾句。

她丈夫與我同一個教學組，目前也同外子一樣在蘇北的五七幹校裡種田。因爲我倆都是獨自帶個孩子過日子，上班外又兼家務，不免就互相幫起忙來。早上買小菜時，我替她捎帶一把；在家務料理上，她常替我出主意。譬如僱保母的事，不是她替我張羅，我自己準一籌莫展。

「我家冬冬是八月二十九生日，才過去沒幾天，我也沒給他慶賀，」王阿姨帶著遺憾的口氣說。「等他爸爸回家來，也叫他帶孩子去逛一趟玄武湖吧。」

「那可好，」我說，「秋高氣爽的，你們全家去玄武湖划船，照張相多好！」

「可惜沒有照相機呀！」她說。

我想借她我們那個卡隆照相機，但怕她一口拒絕，自己反而難堪，因此話到舌邊，又強嚥了下去。還記得去年的事，我熱心得很，把照相機借給我們的黨員組長。誰知道他一看是日本貨，當場便搖頭拒絕。這以後，我連這個來自軍國主義國家的照相機都怕亮相了。

王阿姨坐下來以後，便不停地張嘴打哈欠。瞧她一臉倦容，我不禁關懷地問：「妳昨晚上夜班，今天休息過來沒有？」

她搖搖頭，不好意思地趕緊把手捂上嘴。

「我上午、下午都躺著，就是睡不著。」

說完，她立刻伸長了頸子左右張望。見廚房門關著，猜是安奶奶在裡面洗澡，又看晶晶在另一間房裡已經上了床，這才湊過頭來，低低地問我：「妳曉得施老師的女兒小紅吧？」

「當然，」我說，「她不是同晶晶一道在妳的小小班裡嗎？」

小紅的父親與我恰巧同系，由於出身好，很早就入黨。文化革命中他以造反出名，成了紅人，目前正被江蘇省委借去辦一個學習班，審查省裡的一個中級幹部。小紅媽媽也是教員，正在蘇北勞動。因爲夫婦都不在南京，小紅一向是全托，日夜住在幼兒園裡的。這小女孩長得眉清目秀，小臉頰噴紅的，很討人喜歡。夏天裡的一個星期日下午，我還曾接她來家玩過一次。

「我告訴妳一件事，妳可千萬別對人說才行！」王阿姨的嘴湊上了我耳朵。

「一定！一定！」我滿口答應著，爽性走去把我的房門悄聲帶上，然後回來拉了王阿姨在書桌旁坐了下來，自己靠著她坐在床沿。

「昨夜，」她仍然壓低著聲調說，同時傾著上身，俯著頭，唯恐說的話被第三者聽去似的，「十點多鐘，孩子全睡了。政工組的老王領了廣播室的老邵，擷了部錄音機來，我們幼兒園的主任親自陪著。他們一來便叫我把施紅叫醒。孩子睡得像死去一般，怎麼弄也不醒。我只好把她抱去餐室，用冷水洗了一把臉，這才半睡半醒地睜開了眼。王組長親自把餐室的門關緊了，接著就和我們主任盤問起小紅來，老邵打開錄音機在一旁錄音。先問她：爸爸叫什麼名字？媽媽叫什麼名字？接著就問她：有人教妳喊反動口號沒有？小紅閉上眼睛只管搖頭。問了一陣，主任急了，說：有小朋友聽到妳喊反動口號……」——說到這裡，王阿姨的整張嘴幾乎塞住了我的一隻耳朵——「毛主席壞蛋，喊了沒有？這下小紅似乎知道厲害了，使勁的睜大了眼睛——妳知道小紅那雙水汪汪的眼睛，像荔枝核般亮晶晶的——她就這麼乾瞪著眼，瞧瞧王組長，又瞧瞧主任，一邊只管搖腦袋。他們輪流勸她，哄她，交代政策，叫她老實，做毛主席的好孩子，只要承認就算了……最後，主任只好把彙報她的小朋友名字講出來。這下，孩子才記起來似的，承認是說了，但立刻哇哇大哭起來。大家哄了好一陣，她才止住了哭聲。我以爲事情就完了，誰知他們接下去又追問她：爲什麼喊這反動口號？小紅又是搖腦袋。老王說，這口號哪裡聽來的？爸爸說過？搖頭。媽媽說過？搖頭。老師講過？搖頭。哎呀，文老師，妳不知道，我眞嚇得冒冷汗！」

說到這裡，王阿姨直起腰來，兩隻小眼睛朝上翻，做出暈厥模樣，一隻手輕輕拍著胸脯，似乎猶有餘悸。

「我那時偷看了一下手錶，不得了，十二點了！孩子已經熬不下去，瞌睡連連，眼睛閉呀閉地。最後一次問她：聽見媽媽喊過沒有？她就閉著眼點頭了。等問她什麼時候聽到，她怎麼也說不上來。折騰了一番，實在沒有結果，他們才讓我抱她回去。一上手，小紅便呼呼睡去了。倒是我，下了夜班回家，整天想著這件事，竟闔不上眼。」

難怪她闔不上眼，我一路聽下來，大氣都不敢出。

「妳說，這些全錄了音？」我不能相信。

「那當然，」王阿姨說，「而且進了檔案！」

「檔案！」我伸手抱住我的肚子，感到一陣寒心。「天，這孩子才多大呀！」

「可不是！」王阿姨也跟著嘆息。「四歲不到，比你們晶晶還小些。」

我說不出話來，只是搖著頭，同被逼供的小紅一般，還以為在做夢似的。我想著：施老師總算出身好，但他妻子可聽說是地主家庭出身的，為了表示劃清界線，幹什麼都特別賣力，現在女兒闖了這個大禍，可憐夫婦還蒙在鼓裡呢！可憐的小紅，四歲不到就留下了錄音口供，存進了檔案，長大後沒事就好，萬一出點紕漏，肯定舊事重提，那時可就是「自小一貫反動」了。

難怪王阿姨睡不好，我這間接聽聞的人也深爲震動，夜裡竟輾轉反側，難以入眠，腦海裡老浮上小紅那張眼睛滴溜溜轉的紅臉蛋。

這以後，我每天都向王阿姨打聽事情的進展。先是王阿姨本人做書面檢討，以後是主任向校方做檢討，接著校方派人到小紅媽媽的老家天長縣調查。這下子，我又轉而爲那做媽媽的擔憂了。可嘆施老師，長年在外省奔波，調查別人，可曾想到自己的妻子也在被人調查？

一個星期天晚上，安奶奶正在廚房裡刷鍋洗碗，晶晶纏著我給他講一本小人書《智擒大特務》。正講到一半，王阿姨敲門進來了。她一進來便東張西望，兩隻細小的眼睛閃閃發光，那神情是緊張、興奮，又透著神秘。我心想：小紅媽媽要倒楣了！找出了兩粒軟糖，我把晶晶哄到他和奶奶的房間裡，叫他自己看小人書，回來就順手把自己的房門輕輕帶上。

「小紅媽媽怎麼啦？」

我急著打聽，也來不及給王阿姨讓座，只給她指了指書桌前的椅子，自己先捧著肚子坐在床沿，拉長了耳朵，準備聽新聞。

「小紅媽媽？」

王阿姨倒瞪了我一眼，接著就是搖頭又擺手。

「不是小紅媽媽，是晶晶呀！」

「晶晶？」我莫名其妙地反問一句。

「哎呀，怎麼告訴妳才好……」

她一屁股坐下來，然後連人帶椅子向我挪過來。

「是這樣，」她壓低了聲音，上身俯向我，下巴幾乎壓在我肚子上，「冬冬說，他下午同晶晶在一起，聽到晶晶喊……喊反動口號！」

「反動口號？」我還是摸不著頭腦。「什麼反動口號？」

「哎呀！」她急得坐不住了，彈起來，把前額頂著我的太陽穴，一個字一個字地迸出來：「就是：毛主席壞蛋呀！」

「什麼！」我大叫一聲，也跟著彈了起來。

「噓！小聲點！小聲點！」

王阿姨一把抱住了我，又把我按落在床沿。我好像全身癱瘓了，身不由己地隨她擺佈，腦子裡一片空白，嘴裡不知所以地念著：反動口號……反動口號……。

「孩子還小呀，」王阿姨向我勸解，就在我身邊坐了下來。「可以教育過來的，好好同他講，不要打他吧。」

好半天，我才在紛亂中理出一個問題來：「除了冬冬，還有誰聽見？」

「不知道。」說著，王阿姨皺起了眉，歪傾著腦袋思索。「好像就是他兩人在玩。」

爲了弄清底細，我決定找冬冬。安奶奶步出廚房，正拉著圍裙擦手。看我挺著肚子，搖幌著步子，手裡還拽著王阿姨，她連忙問：「什麼事？」

「就回來！」

說著，我急急把王阿姨拖回家。冬冬看到我這樣，嚇壞了，小眼睛掄得滾圓，手也搖頭也搖地直說：「我沒說！我沒說！晶晶說的！」

問了一陣，我才知道是下午兩人在院子裡玩，嘴裡亂喊這個壞蛋，那個壞蛋，而晶晶在喊完爸爸壞蛋、媽媽壞蛋之後，就溜出這句最最喊不得的話來。

「這孩子，非得重重揍他一頓不可！」

在驚嚇之後，我的憤怒開始抬頭。捧著肚子，我恨恨地在水泥地上頓起腳來。

「光打不能解決問題呀，文老師，」王阿姨又勸說起來，「要從根本上著手，常教育他愛戴毛主席，引導孩子熱愛領袖。」

「怎麼沒有……」

才一張口，我覺得一陣委屈，喉頭頃刻被封住似的，眼淚便湧出來。

不愛戴毛主席？眞是從何說起呀！孩子爸爸爲了怕他生在異國，特地專程趕回中國；還沒有出娘胎，便取了「衛東」的學名在等待；才幾個月大，便舉在頭上認毛主席的像；媽媽還不會喊，便先會毛呀毛地叫了。能說孩子不愛毛主席？在襁褓中，一見到主席像，便條件反射地眉開眼笑，手舞足蹈了。我們大人也一向不落後，六九年，全國瘋狂地推行「忠字化」運動，我白天上班，夜裡還抽出四小時去輪流繡巨幅的毛主席肖像；響應造反派的號召，除了廚房和廁所，家裡所有的走道和每一面牆都貼上了毛主席的畫像、詩詞、字畫等，一直到江青發覺全國推行下來有庸俗化的傾向後，下令取締，才奉令取下來。

「不要哭了，文老師，」王阿姨仍在勸說，「肚子這麼大了，不能動氣的。孩子還小，還可以教育過來。」

聽王阿姨那口氣，好像晶晶已經是病入膏肓，無可救藥了，我更加傷心。想放聲大哭一場，又怕哭聲引起左鄰右舍的注意，反而擴大了事情，只好張大了嘴呼氣，無聲地擦著成串掛下來的眼淚。

肚子裡的胎兒這時突然動起來，那本來會給我一種神祕和幸福的感覺，現在卻轉爲一次意外的、痛楚的刺激。我忘了擦淚，雙手趕緊捧住了肚子。

「冬冬，」王阿姨已經轉身去叮嚀她兒子了，「你可不許出去同人家講晶晶的事！說了，我可要揍你，晶晶也不同你玩了！」

冬冬瞪著同他媽媽一模一樣的眼睛，一上一下地點著小腦袋，那模樣嚴肅得像個老頭子。

我憋了一肚子氣回家。安奶奶剛給晶晶洗完澡，正在房裡給他穿衣服。看見我氣呼呼地撞進來，她嚇了一跳。

「文老師，怎麼啦？」

我來不及回答她，便問起晶晶有沒有說反動話的事。孩子仰起胖胖的臉，張大了嘴，眨巴著眼睛，好像什麼事都記不住，一雙小手揪弄著潮濕的頭髮。

「冬冬說，你喊了……毛主席」——說到這裡，我壓低了聲音，習慣地環視了四周一下——「壞蛋……喊了沒有？」

「要死啦！」老太太一聽，狠狠地蹬了一腳。

這下，孩子似乎記起來了，整個臉立刻僵住了，眼光怯生生地盯著我。

「喊了沒有？」我再逼問。

「喊了……」聲音低得像蚊子叫。

「爲什麼喊？」我一氣，忍不住提高了聲音。

他一臉的呆相，不吭一聲，只傻傻地張著嘴，眼珠像死魚一般暗淡無光彩。我雖在盛怒中，卻也可憐起他來，但憐憫的念頭剛一滋生，心底便敲起了警鐘。多少家長都說過了：一個小孩可以偷，可以搶，但萬萬不能犯政治錯誤！想到這裡，我狠了狠心，吃力地彎下了腰，打了他兩個巴掌。晶晶吃驚地捧住了臉，「哇」地一聲大哭起來。

「要死！」老太太又是嚇了一跳，一把拉開了孩子。晶晶更加嚎啕大哭起來，雙手捂住了臉頰，哭得一臉都是淚。

「可不許說了！」安奶奶也板起臉數落他。「反革命才說這種話……再說，準打爛你嘴！瞧把你媽弄成這樣子！快說你以後不再說了！」

晶晶抽搭搭地吐出來：「不……說……」

「走，再洗臉去！」說著，奶奶也不等我說什麼，立刻把他拉到廚房去了。

怎麼辦？我心裡不斷地問著自己。

失神落魄地踱回自己房裡，我關了門，往牆上一靠，馬上閉了眼——但願什麼都看不見，什麼都不必憂慮。其時，腦子裡是紛亂一片，好像波濤洶湧，載浮載沉，不知何處是岸；弄不清是爲晶兒著急，還是爲自己掛慮；想立刻寫信告訴外子，又怕萬一信被檢查，倒留下了鐵證，還是等他回來再說吧，也可以減少他幾日的焦躁。

焦躁也還是暫時的，我最擔心的是他對孩子的失望，而後者會令他多麼傷心！他迢迢千里而來，如今鬱鬱不得志，只把希望寄託在下一代，看他生在紅旗下，長在紅旗下，盼望著將來能成爲八億眾生中的普通一份子，不揹任何思想包袱，平安無事地生活下去。這麼謙卑的願望，眼看在孩子四歲時，便遭破滅的威脅，能不令他傷心嗎？

我想著，想著，越發覺得不能告訴孩子的爸爸。就是他回來了，也不能告訴他。但是，怎麼叫別人也不提起呢？我想：我可以明告安奶奶，相信她也會合作；而對門的王阿姨，則可以暗示她。王阿姨和外子是同鄉，他們廣東人很講義氣的，相信還不至於去向學校反映或彙報這件事吧。至於她丈夫，我倒比較躊躇了。老王是我同事，出名的積極份子，一向緊靠黨員和上司的。雖然他太太與我處得很好，然而，因爲我中過美帝國主義教育之毒，他一向對我敬而遠之。今後——我下了決心——可要對王老師特別小心，得罪不得的。王阿姨也不能得罪——連冬冬都得罪不起！

想到堂堂一個大人，卻要防範起一個七歲大的毛孩子，自己都感到臉紅。都是晶晶闖的禍！我恨恨地想著，離開了牆，踱向書桌，充耳不聞從隔壁房裡傳來的抽泣聲。肚子裡的胎兒又動了起來，一股電流般的感覺立即傳遍了全身。我抱緊了肚子，趕緊坐下來。

書桌上，靠牆站著一堆毛澤東的著作，語錄、詩詞、選集和全集都有。有精裝本，有簡裝本，有橫排版，直排版，還有袖珍本，甲種本，乙種本……眞是名目繁多，應有盡有。我嘆了口氣，仰頭望著貼在牆上的毛澤東半身像。牆上的人似笑非笑的表情好像對適才發生的事全無動於衷，沉靜、冷漠得令人望而生畏。

這時，冷不防，肚子又被胎兒踢了一腳。我驚得渾身發麻，接著便感到一陣隱隱的鈍痛。我抱緊了肚子，默默地說：你不要著急吧，等你出世，我一定要找個藉口把這張像拿走……。

就這樣，我在屋裡盤算，思索，焦急，嘆氣，直到深夜了才熄燈上床。

天亮時，安奶奶起來燒早飯。我一看手錶，六點多了，得趕去菜場買小菜，只得快快起身。因爲一夜不曾闔眼，眼皮像鉛般重。一舉步便感到頭沉腳輕，身子像失去了重心的陀螺，搖搖晃晃的。一手扶著牆，我才能彎身拎起菜籃。老太太瞧我這模樣，不放心得很。

「妳沒睡好，」她說，「再去躺躺，我去買小菜。」

我搖搖頭，不知所云地說：「他爸爸就回來了。」

「妳就別告訴他了。」她看出我的心事，倒頗果決地替我出主意。「我瞧妳也別這麼擔心事，這點大小的孩子說一句話，能把他宰了不成？在我們淮安縣，農民賭咒發誓都要抬起毛主席來的，罵起來才厲害呢！罵的人都是三代老貧農，也沒有人把他們怎麼樣！」

安奶奶的爽直憨厚給了我些安慰，但是我無法使她明白，知識份子和農民的政治待遇是多麼不同。

晶晶起來了。除了眼角有些微腫，他仍是眉開眼笑的，早把自己闖的禍拋到九霄雲外了。

「媽媽，我今天生日？」他捧著碗，稀飯也來不及喝，便又提起。

我板著臉，不理睬他，心裡眞是好氣又好笑。孩子到底是孩子。瞧他白白胖胖的臉滿是新奇和稚氣，我立刻又想起他同班的小朋友小紅來，而那深夜逼供的一幕立即浮上腦海，只是這次換了晶晶而已。這一想，對著白花花稀飯，我竟一點胃口也沒有。

安奶奶爲了給我開胃，特地把別人送她的一瓶杭州臭豆腐乳打開來，請我嚐了一塊。感謝她的一番好意，我總算把稀飯胡亂吞下了肚，只是食不知味，辜負了這名聞遐邇的臭腐乳。

差一刻八點，我領著晶晶開門出來。一如既往，隔壁的卓家也同時開了門，卓先生中山裝筆挺的，昂著頭，邁著四平八穩的步子出來，卓太太隨後跟上。瘦削矮小的卓太太一見了我，立刻堆上了一臉笑容。

「文老師，早！」

「早！早！」

我忙不迭地招呼，一邊留神他們夫婦的臉色。卓先生似笑非笑地對我點點頭，立刻又昂起頭，邁著四平八穩的步子走了。卓太太停下來，摸了一下晶晶的後腦勺後，也急急跟上她丈夫走了。我故意放慢了步伐，磨蹭了一陣。不久，卓家的兩個兒子也跑出來了。他倆都是初中生，肩膀上掛著紅衛兵的袖章，一副雄赳赳氣昂昂的神氣。看到我們母子，兄弟倆一個咧嘴笑笑，一個喊聲「晶晶」，也匆匆去了。我揣摩著這兩個紅衛兵的神情，似乎沒有什麼異常，估計並不知道晶晶的事，心中才略爲鬆了口氣。

這卓家也是我要提防的對象。當初學校把我們分到這個宿舍，一個大門進來，一共三戶人家，我們和王家門戶相對，卓家居中，顯然是經過精心安排的。

王先生來自南京一個書香世家，父親是個教授，但因爲祖父在國民政府做過官，爲了表示能劃清界線，他一向很積極，一切唯黨的馬首是瞻。聽說紅衛兵運動初起時，公佈不許雇請保母，他立刻把冬冬的保母連夜解雇。可憐冬冬生下時才兩斤八兩，從醫院的暖氣箱出來後，便一直是這個老太太捧在掌心裡帶大的。四年了，感情很深，臨走時，一把鼻涕一把眼淚的，和冬冬哭成一團，惹得王阿姨在旁也陪了不少眼淚。只有王先生鎖緊了眉，一聲不吭。

他家是我們這個大院子裡第一戶響應紅衛兵解放保母的號召，爲了表揚，紅衛兵敲鑼打鼓地來把貼在門上的「喝令解放保母」書撕下。這以後，失業的保母太多，生活成了問題，迫得向周恩來請願，於是中央又悄悄傳下來，准許酌情雇請。正好王先生到蘇北勞動，王阿姨有時要上夜班，就有把老太太叫回來的意思，但王先生硬是不同意。可憐王阿姨，在零下氣溫的冬夜，把冬冬用大棉襖裹成橄欖球似的，揹著上夜班。有時大雪紛飛，我可憐孩子，硬是把他留下來同晶晶一道睡。就憑這件事，我對王先生又敬又畏。

卓家是黨員夫婦，一向受重用，不是派出去開會，便是審查有問題的同事，從來不得閒空到農村去勞動。正因爲勞動少，他倆對勞動特別熱心，逢人便宣揚毛主席的五七道路如何偉大正確，要一輩子走到底云云。尤其是卓先生，精於政治詞令，又口若懸河，總擺出一貫正確的面貌。大家背後不服氣，喊他「左出奇」，當面可是沒有勇氣問他：你什麼時候去走一趟五七道路？卓家的孩子更是青出於藍。文革初期，他們還是小學生，卻曉得組織了一些小朋友，在我們宿舍裡抄家、查封，幾條皮帶掄得呼天價響，個個殺氣騰騰的。提起卓家兄弟，宿舍裡的男女老幼，哪個不怕個三分？

「記著，晶晶，」我告誡自己的孩子，「以後再不許到卓阿姨家玩！」

雖然這麼叮嚀過，我想最保險的方法無如把孩子儘量關在家裡。

九月十三日，一早醒來，我心便卜卜跳。外子中午便回來了。盼望了很久的事，一旦來臨，喜悅中偏摻雜了一份疑懼，一顆心既提不起，又放不下，乾愣愣地壓在肚子上。

剛梳洗完畢，安奶奶喜色洋洋地開門進來了。原來她悄悄地清早四點鐘便爬起來，趕到龍蟠里的自由市場，買了一些新鮮的瓜果蔬菜，又到公家市場去排隊，買到了兩條黃花魚。看著一大籃豐盛的小菜和她那皺成一團的笑臉，我是又高興又慚愧。在中國住了幾年，我卻一直沒有養成爲口腹之欲而犧牲睡眠的習慣。

上班時，我照常帶晶晶出門。安奶奶說：「他爸爸就回來了，今天還送幼兒園呀！」

「媽媽，我不去！」晶晶乘機撒嬌了。

「還是去吧，」我想了想說，「奶奶好做事。」

孩子很失望，正好這時王家的門開了，小冬冬挎了書包跟媽媽出來。兩個孩子一見面，說起話來，晶晶什麼都忘了。剛好卓家的門也「呀」地一聲開了，一家四口蜂擁而出。

「早！早！」

「早！早！……」

就這麼互相道早，紛亂了一陣之後，大家才各走各的路。

這是一個大好的豔陽天，朝陽照得一切明晃晃的。通往幼兒園的小路上，兩旁是成蔭的法國梧桐，陽光濾過梧桐葉，在小石子路上投下了斑斑剝剝的影子，隨風搖曳，多采多姿的。我腳踩著樹影，腦子裡卻忙著捕捉適才鄰居們的神情：那「左出奇」仍是昂頭挺胸，高不可攀的神氣；他太太摸了晶晶的頭沒有？兩兄弟喊聲文阿姨，便匆匆跑了，是趕著上課去，還是避免同我們多接觸？王阿姨呢，更不好了！她只同我道聲早，便急忙扯著卓太太聊起天氣來——她同黨員這麼熱烈，不會把晶晶的事說出來吧？

走著，想著，頭就疼起來了。晶晶卻是蹦呀跳地往前衝，我跟著他，額頭立即滲出了汗，肚子立刻感到一陣陣發緊。一手揮著汗，一手按著肚子，氣喘吁吁的，我好不容易把他送進了幼兒園。他班上的小朋友都來了，我瞧見小紅蹲在地板上搭積木，粉紅的罩衫隱約露出她母親用大紅絨線繡的「愛勞動」三個字。她突然抬頭，等認出了我，便嫣然一笑，喊聲晶晶媽媽。我勉強向她微笑了一下，立即轉身走開，很快眼眶就濕了。

中午回家時，意外地發現晶晶坐在他爸爸膝上，樂得臉上開花似的。

「妳怎麼啦？臉色這麼壞！」

看到我，外子似乎吃了一驚，立即放下了晶晶，走過來，一把拉住我，扶到床沿坐下來。

「沒有什麼，」我說：「走急了。」

晶晶爬上了椅子，開始翻看書桌上的一堆小人書。「媽媽，妳看爸爸給我的書！」我睨了一眼，都是千篇一律的逮特務的連環畫。我嘴上不說，心裡實在不喜歡這些小人書，它們使得孩子們滿腦子的特務概念——晶晶便以為世界上除了好人，其他全是特務——好像人民中國成了特務充斥的國家。

與外子久別重逢，本來有多少瑣事要傾訴，誰知道四目相望了，竟無從說起。瞧他曬得紅裡泛黑的臉，倒顯得健康硬朗，頭髮鉸得短短的，身上還穿著洗成灰白色、補釘上又加補釘的藍布衣褲，這模樣跟南京郊區的公社社員眞的相差無幾。

安奶奶在廚房裡燒黃魚，黃酒和魚香瀰漫了整個房子。外子望著我一起一伏的肚子，嘴角泛起了笑意，卻說：「好香！」

「吃飯了！」安奶奶喊道，「晶晶洗手去！」

晶晶戀戀不捨地離開那堆書，爬下椅子到廚房去。

「你買小人書要注意，」我趕緊對他爸爸說，「書裡頭毛主席肖像多的就別買了。」

「妳放心，」他會意地微笑說，「同事們早告訴我，像雷峰、王傑這種連環圖畫，隔一兩頁便有毛主席肖像出現，最好不買。不少孩子因為用蠟筆著色，無意中塗壞了毛主席肖像，惹了不少禍了。」

說到這裡，他俯身向我，放低了聲音說：「買書的同事都悄悄地把毛主席像撕掉了，我也如法炮製，彼此心照不宣就是。我們一定要管晶晶，這個年紀最討厭，說懂又不懂。不許他在地上瞎畫著玩，也別給孩子任何粉筆、鉛筆之類的東西。他要萬一闖了禍，像我們這種背景，眞是跳到海裡也洗不清！現在家裡多住了個保母，說話更要小心些。這年頭，眞不可不防。」

「是……是……」我連著答應，趕緊避開了外子的眼光，肚子卻又隱隱的痛起來。

在飯桌上，安奶奶和外子都忙著挾魚挾菜給晶晶，把個小飯碗堆得高高的。

「晶晶，在家聽話吧？」他爸爸問他，「幹了什麼壞事沒有？」

「沒有！」他大言不慚地回答，忙著用湯匙把魚肉塞進嘴裡。

奶奶盯了他一眼，就不作聲地扒飯吃。

外子頻頻勸我吃魚：「懷孕的人最要吃魚，磷和鈣最豐富。」

看他容光煥發，黑紅發亮的臉滿是久別還家的喜悅，聽他津津樂道自己如何學會理髮、補衣，我壓下了憂慮，打起精神把午飯吃了。

下午出門上班時，碰見了冬冬的爸爸。他正扶著一部自行車進來，一隻手上拎了個大號飯盒，一望而知是上新街口有名的大三元飯店買燒鴨回來了。我招呼他，他客氣地點了頭，黝黑的臉上難得地露出了一線白牙。

晚上，吃過了晚飯，外子等著熱水洗澡，我和晶晶照例端了張板凳到院子裡閒坐。南京的天氣，一到九月，早晚就涼快了，晚飯後到室外坐一下便暑氣全消。整個夏天，好些人家都是把晚飯搬到院子裡來吃的。黃昏的時候，一眼望去，大院子裡層層落落的佈滿了小桌小椅。教職員工，男女老幼，都汗衫短褲，一手扇子，一手筷子，笑語喧嘩，熱鬧得很。

這晚，我們照例坐在王家的廚房窗外。王阿姨下班晚，這時才在燒晚飯，一陣陣菜香和蠔油味溢出窗外來。好不容易把王先生盼回家來，王阿姨現在是聚精會神地在烹調拿手好菜。她在廚房裡來回走動，嘴裡還哼著不知名的小曲兒——這眞是新鮮事兒，一向還以爲王阿姨只會唱革命歌曲。我只看得見她上半身，竟是穿了一件筆挺的鮮紅色涼短袖襯衫，新理了髮，臉上管自笑眯眯的。

她是典型的南方女子，一向穿著時新，但這麼鮮豔的顏色可還是第一次見到呢。看她忙得這麼高興，我反而不好意思招呼她。這時，院子裡好些剛回來的教員，乘吃飯的時候互相招呼問好，那氣氛簡直比大節日還熱鬧。

約莫九點半，晶晶和安奶奶已上了床。外子和我正收拾著要就寢，忽然傳來孩子的哭聲。我聽那聲音是冬冬的，不勝訝異，把剛脫下的襯衫又套上了身。

「妳少管閒事吧。」外子勸我。

「瞧一下就來。」

說完，我趕去輕輕開了門，發現卓家的門早開了條縫，卓太太探出頭在傾聽。

「怎麼回事？」我問她，「冬冬哭得這麼傷心！」

「不知道呀。」說著，她把門縫開大了些。

冬冬爸爸本來提高了聲音在說什麼，這時像拔掉了插頭的收音機，突然了無聲響，連冬冬的哭聲也壓下來了，只剩下隱隱的抽泣。我和卓太太聽了一陣，也聽不出個所以然來，便彼此關上了門。

「什麼事？」外子躺在床上問我。

「沒什麼，」我說，「冬冬哭了一陣。」

嘴上這麼說，心裡可是很納悶。對門而居也幾年了，難得聽見冬冬的哭聲；王氏夫婦一向寶貝兒子，平常連大聲呵斥也捨不得的。想著，我竟莫名其妙地心虛起來，隱隱覺得是晶晶帶累了他。那天夜裡我又睡不安寧，動不動就睜開眼，感到心驚肉跳的；肚子像千斤重擔，壓得我氣都喘不過來。

第二天是星期日，我故意讓門開著，希望冬冬會過來玩，但他們一家三口竟沒有一絲影蹤。我慫恿外子帶晶晶去逛明孝陵和中山陵，他說星期日車太擠，還是明天——正好是晶晶生日——去，可以避掉人群。他倒是好久沒有去逛新街口，便提早吃中飯，然後興沖沖地帶著兒子上街去。

下午，煤炭店的工人送來了我們家的配給煤基，一共一百個，一古腦兒堆在門口。安奶奶不許我動手，自己四個一疊地來回搬，往廚房裡的水槽下堆放。我既幫不上忙，便拿了一把掃帚，把四散的碎煤屑掃攏來。無意中一抬頭，對面的門不知何時裂了一條縫，冬冬的小眼睛在夾縫兒裡閃爍。

「冬冬，」我一邊掃，一邊招呼他，「媽媽呢？」

「睡午覺。」他細聲細調地回答，同時把門縫張大了些，露出一張小臉來。

「你昨晚爲什麼哭呀？」我也學著細聲細調地說話。

他瞧著我，小眼睛眨一眨，可是不作聲。

「爸爸罵了你？」

他愣了一陣，才慢吞吞地說：「他打我。」說完小眼睛又眨巴眨巴地，似乎還感到委屈。

「眞的呀！」我一驚訝，掃帚失了手，把一個煤基撞了下來，登時跌得四分五裂的。

「瞧！」老太太趕回來看見了，心疼得很，連忙奪了掃把，自己掃起來。

「爸爸爲什麼打你呀？」我乘機趕過去，肚子貼著門縫，悄聲問他。「你幹了壞事嗎？」

「我說反動話。」

「什麼！」我嚇了一跳，一時也糊塗起來。「你說的？到底是誰說的？」

他點點頭，接著又搖起頭來。

「我以後不說了，爸爸叫我不要跟人家說……」

「冬冬！」

突然傳來王先生的叫喊，冬冬嚇得縮回了腦袋，「砰」地一聲把門闔上。

「這是怎麼回事？」老太太也聽得一知半解地，煤屑不管了，直起腰來，瞪著眼問我，「到底是誰說啦？」

「也許晶晶根本就沒有……」

心裡好不容易燃起一線希望，肚子卻被那記閉門羹一振，又一陣發緊作痛，話也說不下去。

「妳怎麼啦？」老太太看我雙手抱著肚子，連忙關切起來。

「沒什麼，」我說。但手一摸下腹，整個縮成個硬球一般，心裡也有些慌張。

「我去躺一下。」

可哪裡躺得下去呢？只是焦躁地抱著肚子，在自己房裡來回轉圈子，等他父子倆回來。

也不知過了多久，才傳來晶晶在窗外的喊聲：「媽媽！」安奶奶連忙去開門。孩子興高采烈地跑進來，手裡抱了個盒子。

「媽媽，鞋子！爸爸要帶我去山山陵，我生日！」

我奔出來，一把扯住了他。

「給我來！」

我吃力地，連拖帶拉把他弄進自己房裡。他爸爸剛進門，一看這情景，立刻跟過來，嘴裡一疊聲地問：「什麼事？什麼事呀？」

我把晶晶拉到書桌前，指著毛主席像，壓低了聲調，板起臉問他：「不許說謊，晶晶。冬冬說他講反動話，他講了沒講？」

孩子一聽「反動話」三個字，又望著毛主席像，一張臉先凍住了。

「反動話？什麼反動話？」外子馬上緊張起來，兩隻手牢牢地抓緊了晶晶的肩膀。

「晶晶沒說！」孩子大聲否認，來回搖晃著腦袋瓜，膽怯地盯牢他爸爸。「我不說，是冬冬說的！」

「啊——」

我大大舒了一口氣，相信上回是王阿姨弄錯了。長久壓在心上的一塊鐵板突然被抽掉，一剎那間我整個心都往上飄起來。

「他說什麼？快說呀！」他爸爸急得團團轉了，連著催他，使勁地搖著孩子的肩膀。「他說什麼？在哪裡說？」

「院子裡……」晶晶期期艾艾地說，一隻手指著窗口，「冬冬要我說毛主席……壞蛋……我不說，冬冬說了！」

「什麼時候的事？」他爸爸追問。

「我看，準是昨天下午的事。」安奶奶突然插口，她不知何時已跟進房裡來。「昨天下午，他們倆又在院子裡玩了好一陣。」

「昨天？」

我愣住了，似乎一頭又從雲端栽了下來，原來竟是一場失望。

「還得了！講這種反動話！」外子已經嚇得臉色鐵黑，雖然兒子這次沒講，他卻恨恨地搖著孩子的肩膀。晶晶嚇得哭起來。

「還哭！」外子大聲斥責，「你自己講了沒有？快說！」

孩子哭得更響了。我自己忽然覺得頭暈眼花，卻被安奶奶搶過來，一把抱住。

「不好，瞧她臉色！」

就這樣，我當天便被送進了醫院。掙扎了一夜後，我終於早產了，生下了老二。

同事們常好奇又羨慕地說：「文老師，你兩個孩子同一天生日呀！」

我總是笑笑說：「感謝毛主席呀。」

眞是感謝毛主席，這以後，王阿姨竟成了我的莫逆之交。連她丈夫見到我，也是含笑又點頭，親如家人般。

耿爾在北京

(一)

雖然沒有明文規定星期六可以早退，但是一過了三點，大家都心照不宣地收拾起來，四點一到，便陸續走了。耿爾今天也一如常例，準四點就離開××研究所，連宿舍也不回，騎了老英國跑車，出科學院大門，就直奔城裡來。十一月的北京西郊，正是天高氣爽，涼而不寒的氣候。耿爾踩上了第三檔，風馳電掣地，背著夕陽追趕自己的影子，感到痛快淋漓，彷彿把一週來的單調和煩悶都拋到腦後去。

過了西直門，交通比較繁忙，他只好減了車速。但這段路眞是熟悉得可以閉了眼過去，因此，沒多久也就到了王府井東風市場的北門。在寄存車子時，他看到排隊拿涮羊肉號牌的人龍已經延伸到停車場。看樣子是拿不到號了，但耿爾仍是照舊跑過去殿後。這前身據說是

「東來順」館子，每天只賣四十只火鍋，一共派四十號：前二十號從五點半吃到七點，七點過後另一半的顧客才進來吃。僧多粥少，那些特別愛好涮羊肉的，從下午三點起，就到樓梯口來站隊。

果然，耿爾才站上一分鐘，前頭的隊伍就亂了，原來號牌已經派完。後頭排隊的人抱怨了兩聲，也開始散了。耿爾捱到樓梯口，耐心地等待拿後二十號的人走開。

「耿先生！」

聽到喊聲，他抬頭一望，派號的服務員老魯正在樓梯上端向他招手。他高興得很，一步跨過兩級的飛快上了樓。擦過老魯身邊時，老魯不著痕跡地塞了一塊油膩的小紙牌在他手裡。他感激地瞧了老魯一眼，便走進餐廳，找了個靠窗的座位坐下來。

他把號牌擺在桌上，一看，是十一號。慚愧！他心裡暗叫了一聲。今天早上政治學習時，結合批林批孔，討論如何杜絕開後門的歪風邪氣，自己最後發言，還慨慷激昂地說了一通，使得當記錄的小趙奮筆疾書都來不及呢！慚愧！但是眞慚愧嗎？他也答不上來，只好無可奈何地聳下肩膀。大家都在大聲疾呼要杜絕後門，但是，平日同事們說來說去的卻是如何尋找後門。倒是耿爾孤家寡人一個，生活上的需要簡單，難得去麻煩人。

當然，吃涮羊肉是例外了。

這個後門倒是開得非常自然。自從東風市場改修，這家館子開張以來，耿爾就是個常客。逢著星期六或是星期日，他經常來吃一客涮羊肉，就這樣與老魯熟起來。老魯是老北京的回民，比他大十歲，頭髮已白了一半了；但一口牙齒仍然雪白齊整，見了顧客，常慷慨地展露一番，顯得特別親切。他們彼此都不知道對方的名字，本來都是老耿老魯地稱呼著。不料，有一次老魯問起他在那兒工作，他回答說科學院，對方竟肅然起敬，改喊耿先生了。耿爾覺得很遺憾，卻也後悔無及；幸好不曾告訴他，自己是留學生，曾在美國住了二十年，否則後果就難以想像了。老魯知道他是單身漢，似乎頗能體會他老遠跑進城來吃一頓飯的心情，逢到周末，常自動替他留個號牌。難得他這樣體貼，耿爾就越發來得勤。

一個年輕的服務員送來了一副碗筷，耿爾點了幾盤牛羊肉，外帶粉絲白菜和燒餅。等服務員算了帳，他就付了鈔票和糧票，把收據壓在碗下。乘別的座客忙於點菜付錢，他從中山裝的口袋裡掏出一個小瓶，取出兩團酒精棉花，把一雙筷子拿到桌下，用棉球揩拭了一番；小碗也如法炮製。

自從有幾個同事患了肝炎——據說與愛上館子有關——他也杯弓蛇影起來。有個同事便介紹他這個消毒碗筷的方法，他就採用了。只是每每感到心裡有愧，尤其怕被老魯看見。

「這桌還有人嗎？」

一個穿戴整齊，年已古稀的客人正含笑問耿爾。耿爾搖頭作答，同時悄悄把棉球扔在桌下。老人放下了一塊號牌，脫了呢帽子，連同手杖一塊兒掛在牆上，然後在耿爾對面落了座。

我敢情也老態龍鍾了！耿爾想著，往肚裡嚥了一口嘆息。只有七老八十的人想來與我共桌了。

想到老，不禁想到自己的年紀。一剎那間，他竟說不出自己的正確歲數。慢著，他心裡默默數起來，一九七四，一九二五……整整四十九。呵，四十九！好像意想不到，他猛地吃了一驚。這「九」字給他一種如臨深淵的感覺，也給他一種里程碑的提示。廿九拿博士學位，卅九回中國，現在四十九。十年了！回來時一個人，現在仍是一個人……

「您怎麼了？」對面的老人突然很關切地問。他白髮蒼蒼，神情既斯文又友善。

「沒什麼……」耿爾知道自己失態，又掩飾不了，很是難爲情。

「好天氣，正是吃涮羊肉的時候。」老人很識趣地顧左右而言他。

這時，正好老魯托著一隻大圓盤走過來，耿爾如見了救星一般，親熱地喊起來：「老魯，這一向可好？」

「好！好！」老魯朗聲回答，把盤子放下，取出八九碟的肉片和蔬菜，在耿爾面前羅列開來。

「你家的小六仔有好消息嗎？」

「還不是那樣！」老魯說完，立刻長嘆了一口氣。「這孩子，我早說他沒運氣，他娘還不信呢。您看，他班上到內蒙古去插隊落戶的，凡是幹部子女，不都上來念大學啦？連去年才到他旗裡的一位，現在也在外語學院念英文了。我說，你怎麼就不如那張鐵生呢？人家繳白卷，寫了一封造反信就把自己送進大學來啦！」

老魯只管對耿爾發洩著心事，也不在乎旁座的人聽見——好在是老生常談，也不聳人聽聞。

「反正還年輕，再等等機會吧。」耿爾免不得勸慰他。

「滿二十五啦！還得老子給他寄吃寄穿的。他娘想瞧一眼，不匯路費都回不來。」

心事吐完了，老魯突然彎腰，壓低了嗓門問耿爾：「您自己，有好消息嗎？」

耿爾搖搖頭。老魯安慰地在他肩上拍了一下，撿起同桌老人的號牌走了。

耿爾和老人拿碗去調配料，調好回來時，老人點的菜剛送到。服務員把找零丟在桌上就走掉。

「喂，同志，我還少一碟粉絲。」

老人轉身找送菜的服務員，可是後者像聾子一般，並不回頭。

「咳，這服務態度！」老人搖頭苦笑，莫可奈何地坐下來。

「算了吧，」耿爾勸慰著，同時把自己的粉絲推過去。「我這裡多著。」

對方正要推讓，老魯正好端來了一只火鍋給耿爾。老魯順手揭去鍋蓋，炭火燒得鍋裡水沸滾，熱氣騰騰的。

「勞駕了！」耿爾感激地說。

老人乘機把少了粉絲的事告訴了老服務員。

「得！得！回頭給您送來。」老魯又是朗聲答應，一邊扯下搭在肩上的白毛巾揩額上的汗珠。接著他又回過頭來讓耿爾：「趁熱吧！要不要來四兩竹葉青？」

「不好勞駕，老魯，我自己來。」

耿爾慌忙起身。買酒不是服務員的義務，何況老魯已經忙得滿頭是汗。這時，廿張桌子已經坐滿了人，有些人等得不耐煩，都在招手喊叫著要火鍋。

「批林批孔該到後期了，耿先生，」老服務員陪他朝賣酒的櫃檯走，同時在他耳邊叨念著。「又是『落實政策』的時候了。乘著鬆的時期，快找同事介紹，弄個對象呀！」

耿爾不說什麼，只是搖著頭笑。老魯又安慰地拍下他的肩膀，這才朝廚房走去。

多麼熱心的朋友！耿爾心裡感激著。但結婚談何容易呢？實在是，他找對象的事在研究所裡都出了名。領導和同志都表示過關心，但這一大把年紀了，哪兒尋合適的對象？六八年時，曾有個年輕的同事——當時是響噹噹的造反派——對他說：「你呀，要不是留美這個身份，憑這一表人才，早成家了！」

他說的倒是眞話。那一陣子，歸國華僑和留學生地位很低；特別是留美的，在造反派眼裡，不是準特務，也是無可改造的資產階級份子。他知道同事在背後早已經把他列爲所裡的「老大難」之一。

耿爾拿了兩杯酒回到座位上，舉起筷子邀請同桌的老人。

「不客氣，您請先用。」對方點頭禮讓。

正說著，另一隻火鍋也送來了。老人去買了一大杯紅葡萄酒來，彬彬有禮地向耿爾舉起了酒杯。耿爾也舉杯回答，呷了一口竹葉青。他閉上眼睛，細細地品這酒味。眞是芳郁甜美，這小晴兒的酒……

「您喜歡竹葉青，」老人放下杯，望著耿爾的酒。「我喝不來，比汾酒後勁大呢。」

「還好，」耿爾說，「它香甜中帶著些藥味。我從前的一個朋友介紹我吃涮羊肉，喝竹葉青，後來我就養成習慣了。現在，每吃涮羊肉，必定要喝些助興。」

「噢，是這樣。」對方似乎頗爲感動地連點著頭。「我本來只愛紹興酒，我的老伴卻喜歡葡萄酒。自從她去世後，我也喝上葡萄酒了。」

「是嗎？」耿爾也頗爲同情。

小晴兒，他心裡想著，雖然也住在北京，但對於我，不也同沒了一般？

想到小晴，那烏黑滴溜的大眼和垂肩的髮辮似乎就在眼前閃爍晃動。驀地，他覺得這喝下的酒，都凝成了冰珠，一粒粒又冷又硬地敲打在心田上。經過漫長的文化大革命，這失戀的記憶，早蒙上了一層往事已矣的灰色，但這滋味卻總是甜美中帶著苦辛，一如這杯中的竹葉青。

他還記得第一次嘗竹葉青，是在西單商場的樓上。小晴拿到一九六五年的工廠年終獎金，在春節裡請他嘗涮羊肉。

「你不懂吃涮羊肉，那就白住北京了，」她說。「別看烤鴨店人山人海，專哄外地來的，老北京的並不太作興吃那個。」

他生長在上海，家中從來不吃羊肉；在美國那麼多年，也一向厭惡羊肉的味道。可是說也奇怪，小晴一攛掇，他就動心了。再實地一嘗，覺得鮮美無比，而吃法也富有情趣，確實比那肥油四溢的烤鴨好得多。

中國人常愛說「緣份」，他現在是一點也不信了。然而，初碰到小晴時，他倒是深信不疑的。偌大一個北京市，竟讓他找到她，不是天意嗎？六五年初，他如果不是冒著雪霽後的嚴寒，騎車進城來逛書店，豈不錯過了她？還得感謝那新華書店，他們把字典擺得太高了，他才有幸聽到那珠圓玉潤的聲音：「勞駕您拿本『簡明英漢詞典』給我行嗎？」

他循聲一瞧，便發現了她：兩條烏黑的辮子搭在肩上，一雙又大又亮的眼睛正含著笑意望著自己。這眼睛，掩藏在修長的睫毛下，是如此的清澈明亮，使他立刻回憶起一度在北美洛磯山巔探訪到的冰山湖，也是亮得令人目眩，又靜得與世隔絕。

「妳是學生嗎？」他把書遞給她後，急著找話說，唯恐再看不到那閃爍的兩顆明星。

「不是，我是國棉三廠的工人。」她口氣既坦率又自豪。

於是她告訴耿爾，她們工廠裡鼓勵青年工人學外語，她報名參加了英語班，學得有興趣，所以來買字典。一知道她是當地人，他立刻向她打聽賣舊書的所在。她說最有名的一家店在天橋，看他人地生疏的樣子，就決定親自帶他去。她也騎車，兩人就一起騎去天橋。

就是這樣偶然地認識了薛晴。

「小晴兒。」他忍不住低低喊了聲她的小名，寂寞地吞下一口酒。

館子裡的二十隻火鍋全揭了蓋，熱氣蒸騰，煙霧瀰漫；桌桌是杯盤交錯，笑語喧嘩。耿爾看到老人的酒杯已經見底，他本來蒼白得發青的臉這時也浮上了紅暈，正用微微發顫的手解開呢外套的扣子，一邊張開嘴呼氣。

耿爾看著老人微酣的臉，腦海中突然浮現了小晴父親飲酒的豪邁樣子。他第一次拜訪她家時，她父親留他吃飯，叫她弟弟上街去買熟菜，自己從炕邊掏出一瓶珍藏了半年的竹葉青，與耿爾喝起來。

老人家一仰頭便一大口酒下肚，一筷子挾住三片粉腸送進口，爽快極了。他講「解放」前的北京瑣事給耿爾聽，還有他當車站紅帽子接送客人的往事。酒熱上來了，他就把外衣脫掉，拿起報紙當著胸口搧風。酒瓶見底了，他也醉了，很親熱地拍著耿爾的肩，放懷高歌，唱時興的革命歌曲，也唱不知名的小調兒。

多麼可愛的老人家！小晴的性格也像她父親。耿爾再不曾遇到比她襟懷更坦白的女子，沒有絲毫的矯揉造作，總是那麼純樸，那麼自然。除了長眉大眼外，她的模樣都不是他一向夢寐以求的佳偶。她皮膚不白，個子不高，也不是大學生，而且小他十九歲之多。然而她身上具有一種氣質，它充滿了魅力，使得他像一根鋼針撞上了磁鐵，被牢牢吸住了。

自從遇到了她，自己幾十年漂泊異鄉所積累的那份落落無歸的感覺，便消失無蹤了。與她在一起，既欣喜無比，又感到穩如泰山；好像解除了一切壓抑，無需矯飾掙扎，一如回到了童年時代。他愛看她笑，她笑得那麼爽朗，那麼明亮，又那麼溫暖，好像大地春回，陽光普照。

自從在天橋分手後，他立刻找了一家信託行，買了部八成新的永久牌自行車。一回到宿舍，馬上把原來的英國跑車束之高閣——當時，這部嶄新發亮的洋車在她那半舊的國產單車面前，忽然變得唐突刺眼。認識不久後，小晴曉得他的留學生身份，也絕無絲毫的歧視——不像很多同事背後喊他「美國佬」，使他感到像隻烙了火印的牛犢，終身洗刷不掉。

她是一個好工人，充滿了自豪和尊嚴，卻又能對外國的事物保持一種不亢不卑的態度——不像他研究所裡的一些年輕同事，一味貶低外來事物，有時卻又流露出盲目崇洋。事實上，她對新事物充滿了好奇心。他偶爾講到外國的歷史，自然界的奇蹟，她準會睜大了眼睛，全神貫注，津津有味地聽著；有時還打破砂鍋問到底，務求水落石出。她更加勤於學英文。耿爾就親自教她。那年夏天，兩人常跑到頤和園的後山唸書去。那裡林木蒼翠茂盛，遊客較少，比起昆明湖這邊幽靜許多。

他從來不隱瞞自己的感情，雖然也絕不掛在嘴上，怕的是對她壓力過重。那時她才二十歲，彼此年紀相差了一代。他明白自己必須克制，只能婉求，不宜強加於人；愛情不能像那火紅的午日，光芒四射，只能學那落日晚霞，熱而不炙。然而在他內心深處，多少的柔情蜜意，像壓在地層裡的火山岩漿到處流竄，尋求爆發的機會。起先她曾猶豫了一段時期——他相信，他們彼此間各方面的差異曾使她煩惱過——然而隨著夏日的來臨，她的神情逐漸爽朗起來。她主動把工廠的週休設法調在星期天，好同他見面。路上碰到熟識的女工，她歡歡喜喜地打招呼，有時還給他介紹……

「耿先生，吃糖，吃糖。」

老魯打斷了他的思路，笑吟吟地在他面前放了三顆軟糖。

「什麼喜事呀？」耿爾放下筷子問。

「我們的炊事班長今天結婚了，請我們吃糖。」老魯笑眯眯的，好像是自家的喜事。他還拎了一把開水壺，替他們這桌的兩隻火鍋都注了水。

「記著，你哪天請吃喜糖，要還我三倍才行呀。」說完，他就轉到別的檯子注水去了。

「一定，一定。」耿爾滿口答應後，把糖放進口袋裡。

有那一天嗎？他問自己。

原以爲有這一天的，他想，自己曾經多麼渴望它的到來呀！

他不覺又端起酒杯，凝視著它。這酒色綠得多麼耀眼，這氣味又是多麼芬芳，但哪裡及得上伊人臉頰的芳郁和醉人呀！

那年秋天的一個假日，他們去香山看紅葉。因爲時令還早，紅葉尚未成林，兩人就一路尋上山去。小晴穿了新做的花夾襖，把兩根烏油油的辮子收拾得玲瓏剔透，還用紅絲帶紮了辮梢，走動時，絲帶在肩上來回跳躍，叫他看得眼花撩亂。到半山腰上，看到了一叢紅葉，他們便停下來觀賞。她摘了一片遞給他。他卻看她那雙脣比紅葉還鮮紅，忍不住捧起她的臉，輕吻了下那嬌豔欲滴的嘴脣。她沒有推拒，只是臉脹得紫紅，眼睫毛垂得低低的，半晌張不開……

啊，那段日子眞是美得叫他不忍思憶。他整天都是輕飄飄的，好像載著雲飛翔；心裡又充滿了情意，恍惚永世也訴說不盡，就像那經冬的小溪，忽然受了透夜的春雨，水滿得要溢出岸來。四十歲了，愛情雖然來得遲，但究竟及時開花了。過去幾年，他也曾接觸過女性，但從不曾像現在這麼傾心過。

剛至美國那幾年，中國女性特別少。物以稀爲貴，那些小姐眼睛都朝天看，把中國男子品頭論足，挑剔刁難。他因此下了決心，退出這個角逐的隊伍。美國姑娘是熱情奔放，也不乏投懷送抱的，他雖然幾次心動，卻想著有一日要回國，因此不願意論婚嫁。回想當年的苦守，確是苦盡甘來，哪一個比得上這樣純潔可愛的中華女兒呢？

他不單愛著小晴，也愛上她的家庭。就在遊香山後的一個星期日，她請他去家裡玩，第一次見到了她的父母。多麼慈祥的老人家，一見面就叫人敬愛不已。薛老先生熬了半世的搬運工人，「解放」後北京建了紗廠，才首批進了廠，這一年剛退休。老太太一共生了七個兒女，只養大了後面三個。現在大兒在部隊服役，女兒年年是模範工人，小兒子也快中學畢業了，老人家倆心滿意足。他們感謝共產黨，炕邊的牆上貼了好些從報上剪下來的劉少奇、周恩來和毛澤東照片。

那天，她家包餃子。耿爾甚麼菜都不會燒，但住在美國多年，學會了擀餃子皮，因此，也捲起了袖子，幫他們擀皮，一片片又快又薄。二老驚異極了，對他讚不絕口。他來時還擔心小晴父母會對他苛求，但二老對他很親熱，當自家兒子般疼愛。薛老還留他喝酒，如果不是礙著小晴，那晚他準讓自己也大醉一番。晚飯後，小晴親自送他出來，攜著手走過了兩站巴士站，才依依不捨地讓他上了車。

那天夜裡，他興奮得徹夜不眠，盤算著何時向她求婚，又不斷想像婚後的幸福生活。剛回國不久，他還充滿了理想，相信思想改造的可能性。想到他自己前後讀了二十一年的書，又教了十年的書，而父母生前也是教員，眞是十足的「小資產階級」知識份子。他想，如果能和工人血統的小晴結合，不但自己的思想改造有脫胎換骨的可能，就是子女身上也將流著工人階級的貴族血液——有比這個更有意義的嗎？

第二天下班後，他忍著飢餓，騎車到百貨大樓，用了相當於自己三個月工資的價錢，買了隻奧米加手錶，好送她作訂婚紀念。看看櫃檯上陳列的一些漂亮貨品，他多麼渴望都買下來送給她，可是想到她的性情，也只好嘆一口氣作罷。她每月四十二元的工資，要幫著養家，但仍雄心壯志地訂下儲蓄計劃，打算兩年後買隻上海錶。她不喜歡耿爾爲她花錢太多，有時還堅持回請他。一向習慣於獻花送禮的追求方式，耿爾第一次碰到這樣有性格獨立、自尊心又強的女子，確是衷心敬愛。這樣的女性，熱情又含蘊著莊嚴，溫柔又帶著剛強，眞叫他著迷。

然而就在他們最幸福的日子裡，那文化大革命的鐘聲敲響了。耿爾沒有經歷過運動，起先倒是充滿了熱情迎接它，等待著運動結束好同小晴結婚。她在六六年春天向棉紡廠口頭提出了申請，領導說等運動過後再處理。可是隨著運動的推展，他們見面少了。

夏天裡，紅衛兵湧上了街頭，小晴的弟弟也在裡面。小晴第一次提出他們暫時不要見面，因爲別人在說「閒話」了。他很困惑，也很痛苦，想不到愛憎分明，堅強獨立的小晴會怕人「閒話」。但是最大的打擊卻是出差回來見到被退還的手錶……

突然，餐館裡安靜下來，人人的頭都轉向樓梯口。耿爾放下了空酒杯，也隨大家望過去。兩個幹部模樣的男子正陪著兩個穿西服的中國人上來，由此轉上另一層樓去。

「外賓。」同桌的老人平靜地說。

「華僑！」鄰桌一個年輕人憎惡地說。

「樓上聽說是專供外賓吃涮羊肉的。」老人轉過身來告訴耿爾。

「是。」他無所謂地點點頭。「還不是一樣吃法，只不過座位舒適寬敞些罷了。」

「是嗎？」老人似信似疑地凝視他。

耿爾不說什麼，把粉絲和白菜都倒進鍋裡。他不願說出來他半個月前也曾一度「更上一層樓」過。那是沾了芝加哥大學老同學××教授的光，跟著雞犬升天地上去了一次。樓上佈置幽雅，確是寬敞舒適，他們共是四個人，就佔了一個大房間；三、四個服務員來回穿梭也似地遞茶水，送手巾，臉上始終是笑容可掬。

「這是社會主義過渡時期不可避免的階層劃分，」那年輕人容忍地說了，「將來實行了共產主義，這樓上的一層就取消，大家一起排隊買票，擠在樓下吃吧！」

耿爾聽了，與老人對視了一眼，就低下頭吃燒餅。

想起老同學，他心中又是另一番滋味。在美國時，他們政治思想頗有分歧，常爭得不歡而散。這次見面，卻親熱異常。一知道耿爾還是單身漢時，老同學不信地狠狠拍了一下他的肩膀說：「怎麼，回國這些年了，還是王老五呀？」

他只好笑而不答。

「老耿，年紀不小了，找太太，條件不能太苛呀！」老同學著實勸導起來。

耿爾除了苦笑，只好顧左右而言他了。他不想告訴他，文革以來，知識份子的地位一落千丈；特別是六八年秋毛主席下令由「工農兵給他們再教育」後，大家都是灰溜溜的，他哪敢提什麼條件呢？早入了美國籍的老同學肯回國參加「國慶」，已是難能可貴的了，絕不能掃他的興——何況，他現在以「左」爲榮，不能也不願接受一些事實。

再教育……想到這個字眼，不免感到一陣凄涼。這兩年雖然不太提到，但每一觸及，心口仍有堵塞的感覺，一如頭一次聽到薛晴當了「工人毛澤東思想宣傳隊」的隊員一般。那是六八年的年底，他有天又騎車到朝陽門外——儘管愛情已因文革而流產，他常身不由己地回到這邊來——碰到了小晴的弟弟。這個一度是趾高氣昂的紅衛兵頭頭，當時似乎威風已收歛了不少，那天居然先向耿爾打招呼。耿爾問候了他的父母後，情不自禁地打聽起他的姊姊。

「我姊姊是工宣隊！」他驕傲地說。「她現在不住家裡了。她們這一組被派到北京工業大學去了，我姊還是副隊長呢！」

可惜耿爾不信神，竟不知向誰祈禱，祈求不要派薛晴到科學院來。這以後，每次見到院裡某些工宣隊員那副傲慢的神情，他立刻想起了小晴。那時心口不僅是堵塞，簡直是隱隱作疼了。

心有隱痛，是最怕人觸及的，可惜常常事與願違。就像一週前，××教授暢遊了祖國的名山大川後，在離京前夕又請他到旅館裡吃飯話舊。兩人談到深夜，老同學又扯到他的婚姻問題上來。

「老耿呀，其實，依我說嘛，」教授說得吞吞吐吐，似乎怕他誤會，「作太太嘛，也不一定要大學生。聽說國內教育已經很普及了，我看北京這些工人……對了，前天我參觀第三棉紡廠，嘿，多少年輕漂亮的姑娘！」

也許是第一次嘗到茅臺酒，喝過多了，也許有意試驗自己能否超脫失戀的羈絆，耿爾便一口氣把自己戀愛故事和盤托出。老同學聽了，不勝驚異，也非常為他惋惜。

「她現在結婚了吧？」

耿爾搖搖頭。「我不知道。」

他雖然不曾去打聽過，但直覺地感到她尚未結婚。過去兩年來，他曾在街上瞥見她兩回了，從未有男伴在旁。

「我說，你應該立刻去看她，」教授帶著認真的口氣說。「她如果還沒結婚，那完全有希望！不是在講落實知識份子政策嗎？做了高等知識份子就討不了老婆，哪有這種事！工人階級領導一切，那就更應該嫁給知識份子，便於改造嘛！哈哈！」

老同學說完，鼓掌大笑，以爲說了最風趣的話了。耿爾也陪著笑，心中卻是冷颼颼的。他想起七一年的某一天，他騎車經過天安門廣場，曾經看到她一次：她在金水橋邊踽踽獨行，仍是垂肩的辮子，卻是一臉的老成嚴肅，昂著頭，目不斜視。乍一見到，他激動得手都握不穩龍頭，好不容易壓下叫喊她的欲望，方才無力地踩著車子繼續前行。他何嘗不想同她攏手密談，看不厭那水汪汪的大眼在修長的睫毛下閃爍，像寒夜兩點流星？只是他早已喪失勇氣了。

「這一場驚天動地的文化革命，據說改造了很多人，事物也都面貌一新。」老同學說著，凝視著耿爾的臉。「看來你也改變了不少。」

他點頭承認。

「好的？壞的？」

「那看你好壞的定義了。」他笑著回答。

「你對於我一向都是太玄了！還是言歸正傳吧。我明天有機會見到××部長，要不要我對他提提你的事？」

「不要，不要！」耿爾忙不迭地大聲拒絕。

天呀！他心裡喊叫起來，派人去向這個「領導一切」過的工人說：爲了響應黨的知識份子政策，妳嫁給耿爾吧！

他使勁搖著頭，果決地說：「我已經習慣了獨身的生活，不再作結婚的打算了。」

「怎麼，眞把全部心思用在事業上了？這幾年發表了不少論文吧？」

耿爾笑著，又搖起頭來。「我們只重實際研究的工作，不重發表；重視集體創造，不搞個人單幹。」

他怎能告訴老同學，自己實際上改行了；研究項目也一換再換——由於「革命的需要」？歸根結柢我是中國人，他對自己說，自己怎麼感受是個人的事，捍衛國家的尊嚴卻是義不容辭的，這大概便是「一分爲二」的辯證使用了。

夜深了，他起身告辭。老同學依依不捨地直送到大門口，還用英語說：「老友，你再想想看，還有我能替你辦的事沒有？」

他眞想了想後，笑了。「有的，你們常常回來觀光，我好跟你們走走高級館子，這對我也是莫大的享受。」

莫大的享受！

「嗯？」對座的老人瞪著他。「您說什麼來著？」

耿爾知道自己又失態了，反正酒早已燒紅了他的臉，他也不在乎。

「我說，吃涮羊肉是莫大的享受。」

「同感，同感。」老人深深點著頭。

他們都挾了肉涮起來，津津有味的吃著。

（二）

春節前幾天，耿爾的一些單身同事便紛紛離開北京，探親團圓去了，剩下的都沒甚心思工作。除夕那天，大家勉強挨過上午，下午來報個到後相繼走人。整個研究所裡冷清清的，耿爾覺得沒意思，三點不到就回宿舍來。

宿舍裡還聽得到剁肉餡的聲音；一清早，他便是被這聲音叫醒的。到底是幾千年的傳統，他想，光吃的就準備得比陽曆新年還豐盛幾倍。

一進門，他摘了帽子和手套後，便習慣地在臥房和客廳裡轉了一下。家裡是更加冷清了。這兩間房的公寓，十年前他剛搬進來時，覺得很窄小擁擠，後來卻越住越感覺空曠起來。他常暗自慶幸：在北京，一個人能有兩個房間可以自由地來回踱方步，眞算是得天獨厚。

也許因為太冷清，疲倦之感也隨之而來。他踱向廚房，想燒一杯咖啡來驅寒。這兩年來，他怕失眠，向來不敢在中午以後喝咖啡的，不過，今天是除夕——他給自己找藉口——一年難得一回嘛。

耿爾給替他打短工的王大嫂一週的春秋假，自己又覺得沒有整理內務的必要——不會有人來看他的——所以，下班回家來時，床鋪零亂，一如早上剛起身；廚房的水槽裡堆滿了杯子和碗筷，喝茶必須現洗茶杯了。因為不耐煩洗衣服，他便不換襯衫，否則髒衣服堆下來，讓王大嫂回來洗，便有剝削她勞動力之嫌——雖然她臨走前一再告訴他，簡直是在求他，務必把衣服留給她回來洗。

「我眞是王老五一個！」一進廚房，他不禁自言自語著。

看看堆積如山的水槽，他彷彿又回到研究生時代的生活了。找到了燒咖啡的小砂鍋，他把它清洗乾淨，盛了水，坐上了爐子，然後找火柴點上了煤氣。回過身來，他打開了冰箱，取出一罐上海咖啡。他這魏屋牌冰箱每年只有夏天開動兩個月，其他時間全熄了電，用來做儲藏櫃子。一來電費太貴，他雖然不在乎每月多交十塊人民幣，卻擔心人家議論；二來他吃食堂，這冰箱也實在無用武之地。五平方尺不到的廚房，放置了這個龐然大物後，便沒有多少迴旋的餘地。

紅衛兵抄家那陣子，如果抄走就好了！關上冰箱時，他腦海裡又閃出這個念頭。

可惜那次抄家太斯文。可能是對他特別客氣，因爲那些紅衛兵都是科學院裡同事的孩子。他們只是好奇地打開冰箱來研究了一番，在他彈簧床上翻了幾個觔斗，把箱子裡的西裝抖開來取笑了一陣，便走了。當時，令他遺憾的是把他二十年中收集起來的太空探險的剪報燒毀了。不過，那些東西留著也無用，乾脆燒光省事——中國人實在不忙著到月球去。即使是如此斯文，兩年後，國務院還給了他一封道歉的信，蓋著深紅大印。這倒反而令他不好意思。比起他知道的幾家，他這算什麼損失呢？事後，一個同事告訴他，這是因爲周恩來偶然聽到院裡一些歐美回來的學者被抄家，下令要賠償道歉的結果。

水開了，白花花的熱氣一陣陣噴上來。他搜索了一陣，找到了一把茶匙，挖出二匙咖啡倒進砂鍋裡，上了鍋蓋，然後關小了火。

七三年，批林批孔剛開始時，很多人暗傳說：雖然郭沫若受到了攻擊，但矛頭是指向周恩來。他不免替周恩來捏了一把汗。特別是七四年上半年，有好幾個月周恩來不曾露面，他眞正焦慮極了。

那一陣子，小道消息多如牛毛，他聽來聽去都感到心灰意冷。直到從報上證實了周恩來病臥醫院的消息後，他和大家才鬆了一口氣。

濃郁的咖啡香味一陣陣撲來，耿爾閉上眼，深深吸了幾口，覺得五臟六腑都受到了滋潤，比什麼都受用。走到水槽邊，他撿起早上喝過的茶杯，擰開水喉，稍爲沖洗了一下。

王大嫂回來前，我一定得洗掉這些杯盤，他再次提醒自己。

找出中藥房買來的尼龍沙濾，正好濾出滿滿一大杯咖啡。他捧了杯子到對面的房間來，坐到書桌旁，細細地品嘗。這客廳兼書房，除了一滿書架的書，一張桌子，兩把椅子，一隻廢紙簍外，便別無他物了。書桌上立著三張美國寄來的聖誕賀卡，他又一張張看了一遍。收到這些卡片很久了，寄卡片的人都說想知道他的「近況」，他卻還不曾回過信。實在是不知道寫什麼好；不管是近況還是遠況，似乎都乏善可陳。忽然，他想到這些卡片的使命早已盡了，留著又有何益？於是他把三張收在一起，一舉投進了廢紙簍內。

美國眞是世界上最浪費紙張的國家，他想，五花八門的節日賀卡，生離死別就不提了，連芝麻大的小病也有可能收到一張安慰卡。這裡不興這種繁文縟節倒是省時省事，雖然……雖然什麼呢？他不知所以地搖搖自己的腦袋，端起咖啡，徐徐呷了一口。

桌上的座鐘指向三點半。他再望望自己的手錶，確是三點半，一分不差。他記起同事小張請他去吃晚飯的事，一星期前就同自己說過了。過去這兩年，也難得去小張家走動過，現在卻突然來請他去過年。也許是同情我一個人過年太淒涼了吧！他想。

他最怕別人的憐憫，本想不去，無奈小張昨天又來催請；況且他也害怕食堂裡逢年過節的晚飯——大師父放假了，小徒弟上陣頂班，飯菜味道總是差些，加上食者寥寥無幾，情調備加淒清——因此昨天下午他就爽快地答應了。

小張的年紀也有三十五六歲了，只是大家叫慣了，加上他們所裡另有一位老張，為免混淆，這「小」字就去不掉了。他是物理所的研究員，上海交通大學畢業的，腦筋很敏捷。雖然出身不好，卻能樂天知命，也知道安分守己，因此，文化革命期間倒也沒有吃過大苦頭。耿爾是在一次學術討論會上認識他的，以後，小張又來向他請教地球物理方面的數距問題，彼此就熟悉起來。也許正因為兩人不同在一個研究所，小張又不住科學院的宿舍——他住他太太的機關宿舍——所以比較敢於同耿爾來往。以前他常請耿爾去他家玩，可是他自己卻一年都難得到耿爾宿舍來一次。

無論如何，我是應該去探望他們夫婦的，他一邊啜著咖啡，一邊想著。他們確是真正關懷過我，雖然小金和我沒有結成婚，但小張夫婦是盡了力了。

小金是張太太的表姐，七一年的春天到北京來玩，住在小張家，小張特地介紹給耿爾。未見面前，他先坦白告訴耿爾：小金是新寡，但沒有子女，年紀剛滿三十，皮膚很白，但眼睛不大。「師範學院畢業的，也算大學生了，不太合乎你的條件就是。」他說著，忍不住微笑起來。

噯！不但耿爾當時聽了臉紅，就是現在回憶起來也是怪難爲情的。他實在不明白，自己從前爲什麼那麼天眞，一踏進國門便犯了這麼大一個錯誤，終身成爲笑柄。那還是剛走上工作崗位不久的事。一位領導同志找他談心，問他有什麼願望。他當時坦白地說，很想早些結婚。領導同志連連點頭，倒不曾說什麼。不久，一個同事偶爾與他聊天，問他理想的愛人是什麼樣的。他信口說道：最好是大學畢業生，大眼睛，白皮膚，三十歲不到。誰知這話傳出去了，人人竊笑搖頭，說他條件太苛。等耿爾知道後，已經後悔無及。

不過與小金第一次見面倒是令他滿意的。她生長在「山水甲天下」的桂林，自有一份嫵媚。身材纖小，皮膚白皙，瓜子臉蛋，剪了俗稱華僑頭的短髮，且修眉皓齒，落落大方，耿爾一點也看不出她是三十歲的已婚婦人。小金似乎也一見便中意他。當張太太建議他在勞動節那天帶她去逛頤和園時，她不但沒有推卻，還興致盎然地與他約了會面的地點。果然，那次出遊很愉快。這以後，每逢星期日，耿爾都約她出來玩。

自從失去了小晴，他便盡力想忘記她，特別是在認識了小金後。不久，他便發現他的努力全是白費的。他只能期望往事的陰影不要影響了他的婚姻就好了。這兩個女人很不相同，他有時忍不住要加以比較。

小晴剛墜入愛河時，還是個成長中的少女，性格雖然倔強，對未來仍充滿了憧憬和夢想。小金卻是成熟的婦人，不存任何幻想；她懂得享受，又講求實際，也會精打細算，肯定是個好主婦。價值的觀念在小金的腦海是根深柢固的；什麼事物到她跟前，她都要問個「值不值得？」耿爾有時都不敢想像，自己在她眼裡值多少。但是她對耿爾十分溫柔體貼，這是從開始認識以來他便體會到了。她是個健談的人，然而一旦發現耿爾陷入沉思中時，她會抑制自己，陪他默默坐著；雖然無法與他神魂相交，卻也絕不會打擾他。她喜歡洋玩意兒，最喜歡耿爾帶她去吃西餐。儘管他覺得那牛排烤得味同嚼蠟，她卻吃得津津有味。而他百吃不厭的羊肉火鍋呢？她嘗過一次後就興頭不大。

那年中秋節到來時，他帶她來宿舍裡喝咖啡——也是有意讓大家知道他有對象了。一進門，還來不及落座，她趕忙把他這兩間房的家巡視了一番。她對桃花心木的彈簧床、衣櫃和冰箱等，讚不絕口，還愛不釋手地一再撫摸它們。

「多漂亮的床！多好的木料，你眞該多帶些家具回來！」

耿爾倒不好意思起來，微紅了臉，不知所云。她哪裡知道他多麼後悔運這幾件家具回國，幾年來爲此揹了沉重的精神包袱。我要的是一個老婆，不是戀人，他一再提醒自己。小晴也知道他有冰箱，而她看都不想來看一眼。多麼不同的女人！

他仍顧忌自己的年齡，足足大她十六歲，因此遲遲不敢表示。善解人意的小金在這方面給他不少的鼓勵。她常暗示，甚至明說，他身體健壯，不顯年紀，而且步履如飛，和小伙子沒有兩樣。戶口檢查更是大大幫了他的忙。七一年時，「一打三反」運動正處於高潮，爲了迎接國慶，北京市限制外地來的戶口。凡是沒有公務需要在北京處理的人，街道委員便來動員他們及早離開。小金住了四個多月，街道委員已經來動員她三次了，限她國慶前一定得回桂林。小張把這個消息告訴了耿爾。耿爾第二天下班後，便去找小金出來吃晚飯，就在飯館裡向她求婚。她高興又大方地接受了，沒有絲毫嬌羞的兒女態。相反的，她告訴耿爾，要及早遞上申請結婚的報告。接著，她立刻取出了紙和筆，就在飯桌上寫下了自己的出生年月日，家庭出身，本人成份和工作簡歷，當場交給他。

「我會在桂林一心一意等著你。」她睜大了小眼睛溫柔地望著他，白嫩的手貼著他的手。他很高興，緊緊握著她的小手。在喧嘩的人聲中，兩張笑臉默默相對著。

於是，在十月一日前兩天，耿爾爲她打點了車票，買了很多的禮物，和小張一起送她上了南下的火車。等國慶一過，他便把申請書交了上去。研究所裡的同事聽到他要和一個漂亮的小寡婦結婚，都向他道賀。有些女同事見了面，還表示願意包辦他結婚的一切瑣事。那一陣子，他渾身輕鬆愉快，走起路來飄飄然的，有時還不自覺地哼了一句聽熟了的樣板戲。

自從遞上申請書，他便處在興奮的等待中。半個月後組長才對他說，上面正在愼重考慮他的申請，一有決定便會告訴他。他一聽便有些胡塗了。愼重考慮？是我耿爾結婚呀，他想，怎麼要勞別人來考慮呢？然而數年來的生活經驗告訴他，接受一切安排是爲上策，所以他也沒說什麼。到七一年底，仍是石沉大海一般，他開始焦急起來。

有一次，他就厚著臉皮去討回音。組長告訴他，院裡正著手調查金同志的家庭背景，請他耐心等待。他還是沒說什麼，雖然心裡有些氣憤。每當接到小金熱情洋溢的信時，他因爲沒有佳音可以奉告，總感到無限惆悵。

不久，他去江西的農場勞動了半年，這事也就擱置起來了。接著，他又到外地出差了幾個月，回來時已經是七二年秋天。到這個時候，他已經失去討回音的勇氣了。政治運動一個接著一個來，都是關係著領袖和國家安危的大事，個人的婚姻又算什麼呢？

有一天，政治學習休息時，組長同他閒話家常，無意似地問他是否仍和小金來往。不知道是出於警惕，還是下意識裡悲觀失望，他隨口說：「早不來往了，她現在哪兒都不清楚。」

不料組長一聽這話，似乎正中下懷。他很知心地對耿爾說：「不來往也好。她出身不好，父母都是地主，丈夫的成份也不好，公公前身還是桂系的軍閥呢……丈夫在文革後期清理階級隊伍時受審查，審查沒結束就自絕於黨和人民——自殺了——因此政治面目不清。當然，共產黨一向執行有成份論，不唯成份論，重在表現的政策，但是她個人政治表現又一貫不積極。她本是中學教員，七〇年被下放到農村，藉口父母健康不佳，賴在桂林不走，後來又跑到外地好長一段時間，總是不務正業吧……我們科研單位，保密性較高，這樣背景的愛人並不理想……領導很關心您的婚姻問題，同事也幫您留意……」

組長還說了不少話，只是耿爾沒有聽進去罷了。他只暗暗慶幸自己究竟活了一大把年紀，尚能控制住自己的感情，不但沒有暴跳起來，反而彬彬有禮地點頭贊同。然而在他心底深處，他聽得見自己絕望的呼喊：爲什麼，爲什麼我要在科學院？

他原是自嘆命苦的，可是等到更深人靜，鋪開信紙要回信時，他卻同情起小金來了。眞的，她又犯了什麼大錯，現在竟要爲父母和已故的丈夫揹黑鍋？說她不響應毛主席的號召，貪慕虛榮，留戀城市，然而他總算也去過農村，實在沒有心腸去責怪她。他看出他們的結合顯然是無望了，怕她白等，誤了青春，但是又不忍心告訴她眞相，因此遲遲不能下筆。最後，他只好含糊地說：領導認爲他們年紀不相稱，而自己也深感不堪匹配，請她原諒並另謀幸福之路云云。

信寄出之後，他眞是百感交集：既覺得辜負了小金，自己又不勝委屈；想找個地方大聲咆哮一番，偏無這種場所。同時，他又不願意領導和同事看到他的失望，也怕別人笑話他娶不成老婆便心灰意懶，因此，他必須隱藏自己，而這是最吃力的了。

很快地他便發現自己容易疲倦，渴望著休息但又失眠，工作時思路滯塞，一向引以自傲的記憶力也出現了衰退。他不用找醫生便知道這是典型的神經衰弱症，無藥可施的。偏偏就在這個時候，林彪事件披露了，一時叫他莫名其妙。中央文件和秘密傳說又攪得他頭昏眼花。他始終弄不清楚，是誰受了騙，他，林彪，還是毛澤東？他覺得連最後一點信仰也揚棄了他，就像盲人失去了手杖，叫他走投無路。於是一點點的感冒便使他躺倒下來了。由於多少年來他都不曾病過，領導和同事非常關懷，慰問有加。他也樂得多請了幾天病假，雖然知道自己並沒有什麼病，只是需要休息，需要睡眠，睜開了眼睡眠。

接到小金的回信時，他已經病好又上班了。她仍是溫柔體貼，只在敘述往事時含蘊著無限的眷戀和隱約的失望。她珍視這份友誼——她在信尾說——希望繼續通信。知道她沒有責備自己的意思，耿爾心裡稍爲好過些。聰明的小金一定知道了事情的眞相；也許是小張告訴了她。小張的嗅覺靈敏過人，準打聽到了這事的來龍去脈，雖然他倆彼此都避不提它。他相信小張不會責怪他；倆人見了面仍是一團和氣的，只是兩家往來稀疏了。

他算了一下：可不是，整整兩年不曾踏進張家的門了。「玲玲和婷婷都念著你呢，」小張昨天說。這兩個小女孩以前同耿爾很要好的。

過年了，我得給孩子買些禮物，他忽然想起來。瞧了一眼座鐘，四點了。咖啡早喝光了，他把杯子照舊送進水槽裡。然後他低下頭來打量自己的衣服。見兩隻褲腳管都沾上了泥污，他就決定只換一條罩褲算了。從臥房的衣櫥裡找出一條毛的確涼外褲來換上後，他摸摸棉襖口袋裡的皮夾子，手提包也不拿，戴上了帽子、圍巾和手套，就帶上門走了。

小張家在西直門外，不過他還是先騎車進城，到西四的大百貨商店買東西。除了新貼的大紅門聯——全是革命的賀年口號——街上也並沒有特別的節日裝飾，但人來人往，自有一番喜氣洋洋的景象。百貨商店裡仍有很多顧客。耿爾簡直不相信，竟有這麼多的人同他一樣，需要在這一年的最後一刻來搶購東西。他先到糖果餅乾櫃檯去排隊，一面端詳著玻璃櫃裡擺著的罐裝餅乾。

「要啥？」服務員問道，眼皮卻垂了下來，似乎疲倦得隨時可以睡著。

「要一聽泰康餅乾。」耿爾指指最大最漂亮的一罐。

服務員抬了下眼皮，斜睨了一眼，便不耐煩地說：「不賣！」

「那……」耿爾有些不知所措了，「那麼，哪一種是賣的？」

「您要高價的？」服務員這才睜開了眼，好奇地打量著這位顧客。

「是，是。」

服務員拿出一罐天山餅乾來。「八塊半。」

「要不要糧票？」耿爾身後一個操外地口音的顧客先開口了，同時擠上前來，羨慕地用手摸著這罐餅乾。

「高價的，當然不收糧票，」另一個顧客搶著回答，帶著諷刺的口氣。「八塊半哪！頂多是兩斤裝的，散裝的一斤兩塊錢都要不了！」

耿爾正想開口，突然身邊又伸出一隻手來。

「給我也來一聽！」

大家一看，原來是一個解放軍，他另一隻手已經捏了一張十元大鈔了。

「行！行！」服務員滿口答應，似乎一剎那間精神抖擻起來。

「我還要一盒巧克力，」耿爾趕緊說，「如果有聽裝的話。」

「沒有聽裝的。這種錫紙包的不是很好嗎？」服務員說著，一邊熱心地指點給他看。「上海的，送禮很大方的。」

「好，好，給我二十塊吧。」

「二十塊？」服務員這次瞪大了眼睛。「一共就剩這幾塊了。」

他把它們全拿到櫃檯上。

「行，行。」耿爾說著，連忙掏錢，「麻煩你把這兩樣包在一起。」

等服務員包好，找過零錢後，他急忙挾了包裹，在眾目睽睽之下，逃也似地離開櫃檯。幸好賣臘肉的地方顧客不多，他很順利地買了幾斤湖南臘肉和廣式香腸，包成一大包。又到水果攤買了一些香蕉蘋果，看看兩手全滿了，而時間也不早，他才走出去，小心地把它們綑在車後的書包架上，剩下一包掛在扶手上。然後，他慢慢地往西騎回去。

六點還不到，天已是又暗又冷。城裡很熱鬧，出了西直門，街上就冷清了許多。來往的車輛似乎開得快些。那些騎單車的，鼻子和嘴都蒙上了白布口罩，微俯著前半身，使勁地踩著車子，想趕回家吃團圓飯。耿爾讓了好多人騎到他前頭去，他想他大概是唯一不必焦急趕路的了。彎進小路後不遠，就到了張家所在的大宿舍區。兩年不來，他似乎有些陌生了，可是還記得小張是最後一棟宿舍，靠近動物園。果然，很快便找到了。他把車停在門口，正要解下包裹時，門便開了，小張探出頭來。

「老耿！你來了！」他趕緊出來。

「嗨，小張！來早了吧？」

「不早，馬上就吃飯啦！」說著，小張幫忙耿爾取下包裹。「來就是了，幹嘛又帶這麼大包小包的！」

「過年嘛，給孩子的。她倆都好吧？」

才說著，兩個孩子就站在門口了，身上穿著色彩鮮豔的毛衣。大的倚在門邊，小的三步併作兩步地跑向耿爾，拉著他的棉衣角，仰起小臉蛋問他：「耿伯伯，您好久不來玩了。」

「啊，玲玲，妳長這麼高！」耿爾彎下腰來，很高興地撫摸著她的小髮辮。「唸小學了吧？」

「還沒有，」她爸爸代她回答，「她是九月一日生的，去年名額太少了，挨不上，只好等秋天上。那時整七歲，該沒問題了。」

「怪可惜的，不過，遲一年上學，其實也無所謂。」耿爾安慰地說。

「真是的，」小張也同意，「將來到農村去，年紀大些反而好，鋤頭拿得動些。」

「耿伯伯。」大女孩向客人招呼了，神態很斯文，略帶些矜持。

「啊，婷婷，我快不認得妳了，越長越漂亮！幾年級了？」

「四年級。」她紅了臉回答，同時閃開身子，讓大家進屋來。

才跨進門，耿爾便聞到一股糖醋排骨的香味，廚房裡還傳來菜剛下鍋的嘩啦聲。

小張這一間半房的家——另外一間房很小，放了一張床後就只剩下走道了，所以小張一向戲稱它半間——與耿爾的正好相反，擺設得異常緊湊。十平方尺大小的房間，容納了一張大床，一張書桌兼飯桌，還有書架和縫衣機等，不但床底下全堆滿了東西，不當時令的蚊帳和草蓆都懸空掛起來。

「請坐，請坐！」

小張一邊招呼著，一邊把兩包東西放在床上。耿爾環視了一下，只有縫衣機上有空間，便把手中的一包臘肉擱上去，這才在桌旁坐下來。桌子就擺在床跟前，節省了一把椅子。小張自己與耿爾隔著桌子坐在床上，兩個女孩立刻偎倚過來，一邊一個。耿爾看桌上已經羅列著碗筷，一碗紅燒肉在冒氣，一個葷素相間的拼盤端正地擺在桌子當中。

「你愛人一向可好？」

「好，好，跟我差不多，全忙著學習文件呢，逐字逐句地推敲著。」

正說著，張太太端著一盤菜，笑吟吟地走過來。

「耿先生，您好！」

「好，好，謝……」

他剛起身，話還沒說完便愣住了。隨著張太太身後，另一個女人也端了碗菜走過來。

「小金……」他驚訝極了，一時呆站著，不知說什麼好。

「你好，老耿。」小金雖然笑容滿面地招呼著他，但神色之間究竟透露些慌張。

「妳……什麼時候到北京的？」

半天，他才撿起了話頭。

「剛來兩天罷了。」張太太替她表姐回答。

「坐吧，坐吧。」小張殷勤地招呼著大家。

張太太把兩碗菜安置好，便拉著小金坐下來。「金姐，您甭到廚房來了，我回頭把湯熱了就端來。您就張羅著開飯吧。」

一招呼完，張太太抓起腰間的圍裙，揩了一下手，又趕回廚房去。

乍看之下，小金仍是老樣子，穿著較鮮豔考究，短髮收拾得十分齊整，微笑時露出迷人的酒渦。她仍是落落大方，但眼光似乎不如往昔那麼炯炯有神。是的，耿爾清楚地看到，她兩邊眼角都出現了魚尾紋。

我們都老了！他忍不住在心裡喟嘆起來。

「妳好像瘦了一些。」他對她說。

「是嗎？」她回答的語氣略帶著遺憾，同時下意識地用手整整她那梳得溜光的短髮。

婷婷端來了一個大棉襖飯罩子。小金打開了罩蓋，取來飯碗，開始給大家盛飯。小張去書架上取來一瓶櫻桃酒。

「好傢伙！你哪兒弄到這酒的？」耿爾頗為驚訝地問。他並不特別喜愛這種甜酒，但物以稀為貴，這種酒在市面上是買不到的。

「哈，不簡單！」小張得意地說，一邊找器具來開酒瓶。「我們研究所裡的英國佬老羅，你知道他吧？元旦時，他有個英國來的老同學到北京探親，也順便來看他。我靈機一動，便託老羅轉託那個外賓在友誼商店買點東西，結果弄到這瓶酒和兩件上海出品的毛衣。那毛衣，嘿，價錢和市面的一樣，質量可好多了！」

不一會，張太太端出一鍋全雞湯來。因為桌子不大，加上兩個孩子自己也高興，小張便讓她倆端了飯菜到隔壁房裡吃去。等張太太解了圍裙，在小金對面坐下來，小張便端起酒杯，對著耿爾說：「來，乾一杯！希望明年大伙兒都來好運。」

「祝大家春節萬事如意！」小金接著祝賀道。

這兩個女人都不慣喝酒，張太太還喝了半杯，小金只呷了一口便若有所思地放下了杯子。耿爾不知道她在想什麼，也不好意思問她什麼事到北京來——元旦前收到她一封信，絲毫也沒提到來京的計劃。他更想知道這次能住多久，只是找不到機會開口。飯桌上的話題總圍繞著國內的局勢，周恩來繼續掌舵和鄧小平正式上臺等等。

「老的當家總是叫人放心點，」小張突然感慨地說，「這幾年眞是反反覆覆太多了！每一次左派勢力抬頭，大家都跟著倒楣一次。」

「你這右派言論只好在家裡放放，否則準給你一頂帽子戴！」張太太微笑著警告她丈夫。她是個很和氣的女人，矮矮胖胖的臉上總少不了笑容。

「咳，你放心。我在研究所裡一向是看風轉舵，永遠緊跟的。」小張不在乎地說。「上次結合周墓出土文物而批林批孔，我那篇發言稿子還被宣傳組的人要去哩。」

「小張的筆桿子確實有一手。」耿爾忍不住讚揚他。想到自己每逢寫政治批判文章，要遍索枯腸，咬文嚼字，比小時候造英文句子還艱苦時，他不得不佩服小張的本事。

「哪裡的話，」小張倒謙虛起來了。「比起考古所的小伙子，差遠了。說眞的，這幾年掘出不少的東西，他們可興奮極了。只可惜整理、化驗和保存的工作跟不上，有些文物出土後已變色，也可能變質了。」

大家正在惋惜著，張太太忽然又笑起來了。她說：「天曉得你是怎麼結合著批林批孔的！上次我們那個批判大會上，有個工人代表發言。起先他還照著稿子唸，後來激動起來了，就自己講起來，說：林禿子說過，新中國要回到孔夫子的時代，多數人做奴隸，少數人當貴族老爺；同志們，這樣反動的話，我們能答應嗎？我們在台下的當然大聲接著喊：一萬個不答應！可是彼此面面相覷，不知林彪幾時說的這種胡塗話。」

「處處是依樣畫葫蘆。」耿爾聽後，笑著下了一句按語。

「只要緊跟就對了。」說完，小張又給耿爾注滿了酒杯。「來，老耿，還是這個好！有酒當歌，人生幾何呀！」

大家就這麼吃吃聊聊，無拘無束的，十分融洽。耿爾發現小金今番不如以往那樣活潑健談，但反而顯得端莊嫻靜，格外可愛。他私下裡希望著她這次能像上次來京一樣，住長久些；他渴望同她在一起。一年多不見她，現在突然又坐在她身邊，耿爾在興奮之餘，又感到安慰，好像長久累積的倦怠一下得到了撫慰。望著她白裡泛紅的臉頰，捏著筷子的小手，他突然不能抑制自己心跳的加速。許多互相依偎的情景湧上了腦海，特別是在桂林那兩天……

正巧，就在他失神的當兒，張太太談起桂林來了。她童年是在桂林過的，現在每講起來，仍舊無限地懷念著那「千山環野立，一水抱城流」的地方。

「妳還常去七星岩嗎?還有新發現的蘆笛岩?」她問她表姐。小金還來不及回答，張太太已放下了筷子，頗爲羨慕地說下去：「我不知道哪輩子能再去桂林!妳現在可美了，不用擔心下放到農村去。其實，依我說，也不必急著分配工作……」

小金立刻打斷了她表妹的話。「妳今年夏天就找個藉口，請幾天假來玩吧。」接著她轉向耿爾，含著笑說：「桂林比以前更美了，你有機會到廣西出差，一定要再來一遊。」

「不美怎麼行？」小張說，「外賓到中國的必遊之地嘛！」

聽到「外賓」兩字，小金對耿爾說：「你還記得韓素英嗎？我在參考消息上看到她在香港大學演講的消息。她講了我們許多的好話呢。」

「當然記得。」耿爾說著，不禁微笑起來。他也看到這則消息，還記得韓素英的演講題目是「我怎樣認識中國的」。

眞的，他怎能忘記呢？雖然他還不曾向人提起過這件事。

七三年初夏，他去廣西考察地質。工作任務完畢時，同行的年輕同事建議耽擱兩天，好讓他趕回老家探望一下雙親。耿爾樂得成全他，便約好在桂林等他。小伙子走後，他立刻去探望小金。小金眞是喜出望外。見過她父母後，兩人便計劃如何度這兩天意外的假期。她說從桂林到陽朔這段水路風景最佳，所以，第一天兩人一早便去碼頭排隊買票，終於幸運地擠上了一條船。

船駛過穿山後，灕江兩岸的風景眞是美得叫人嘖嘖稱奇。耿爾幾乎走遍了北美洲，見歷了多少自然奇觀，但如此秀麗的山水確眞少見。

灕江的水澄清得出塵脫俗，白雲、藍天和千姿萬態的山峰倒影在江中，水天一界，他自己彷彿行駛在邊際，飄飄然不知邁向何方。他就這樣出神了好久，直到小金碰碰他的膀子，他才醒過來似地，隨著其他遊客的目光望去。原來離他們這條船一百米不到，正浩浩蕩蕩駛來另一條汽船。那船首昂然坐著一對男女賓客。男的高鼻黑臉，像是印度人模樣；女的顯然混有東方血統。旁邊的人全是中級幹部的打扮，眾星拱月地陪著這對外賓。茶桌上擺著精緻的茶具、西瓜和點心等等。耿爾覺得這位女賓的臉孔很熟，像在哪裡見過。

「啊，是了。」他突然想起來，便悄悄對小金說：「這就是韓素英。我以前在電視和電影裡見過她。」

「啊，眞的？」小金聽了，不禁張大了眼珠子，眉毛揚得高高的，好奇地瞪著這位外賓。「報上登過江青接見他們的消息。這麼說，那印度人模樣的不就是陸先生嗎？我還以爲她丈夫既姓陸，是個中國人呢！」

韓素英夫婦顯然也極欣賞這兩岸的風光，不時指指點點，神色很愉快。不久，他們的船趕過耿爾的，駛到前頭去了。耿爾立刻忘了他們，又陶醉在迷人的景色裡，耳朵一邊聽著小金講述沿途的景致：白果灘，美女照鏡……

忽然，他又感到人群騷動起來，這才發現，原來韓素英的特別遊艇就在他們船前邊，一動不動地停在江中。

「怎麼一回事，同志？」他問旁邊的人。

「好像外賓船上的馬達壞了，」旁邊的人回答。「我們的駕駛可能要幫他們修吧。」

「這一耽擱，我們要遲到陽朔了。」另一個客人有些焦慮地說，斜眼瞧瞧自己的手錶。

然而這特別客艇的馬達倒是很快便又響起來，接著就開走了，只留給耿爾最後一瞥韓素英談笑風生的丰采。他們的船越離越遠，耿爾的船卻一動不動地停在江中。以後，大家才被通知，旅程取消了，因爲外賓的船取走了本船的馬達。

眞的，耿爾怎能忘記那幾十個旅客失望憤怒的臉色？

「這種事倒也不稀奇。」張太太在聽完耿爾的敘述後，只輕描淡寫地評了一句。

「問題是，」耿爾說，「我們那船多的是趕路的旅客呀！」

小張搖頭了。他對耿爾的固執頗不以爲然。「你忘了，老耿？」他笑著問。「雖然林彪講的話現在每一句都是毒草，但他在天安門上說的那句『文革的損失是最小最小最小，而收穫是最大最大最大』倒是眞理。爲什麼呢？因爲政治收穫最重要。幾十個人趕不到陽朔，回不了家算什麼？但是韓素英在國外講一句好話，那宣傳效果有多大！」

「但是，問題是……」

然而，耿爾現在也說不出來問題究竟在哪裡。韓素英本人又作何感想？他未免感到好奇。但是這問題似乎愚蠢又多餘，所以，他就哼都不哼一聲了。

很快，話又轉到物資供應上去。大家熱烈地交換著各地的供應情況，諸如桂林買不到什麼，北京能買到什麼，什麼貨品需要「供應證」等等。又從而扯到世界經濟危機，全球性的通貨膨脹，談論著智利百分之百的通貨膨脹率。

「倒是我們物價穩定，鈔票也不貶值，恐怕是舉世少有的了。」小金也發表了意見，引用了報章上的話。

「儘管買不到東西，買到時價錢倒是不漲。」小張笑著接下去說，對耿爾睞了睞眼睛。耿爾也笑了。他知道小張想到走後門和友誼商店上頭去。

到了九點半，水果吃過了，耿爾才依依不捨地起身告辭。他惦記著要約小金出來玩，只是沒有機會開口。

「老耿，沒有事常來坐嘛，」小張很誠懇地對他說，「我愛人和我很隨便的。孩子們也歡迎你，她們以後還要跟你學英文呢。」

「我一定來！」他忙不迭地答應著，同時愛撫地拍拍小玲玲的肩膀。在心裡，他是有些慚愧的。過去這兩年來，他竟是迴避了這一家人。

小金去隔壁房中取來一隻編得細巧的竹籃子給耿爾，籃裡盛了一瓶桂林辣豆腐乳和一瓶三花酒。「沒有好東西帶給你，一點土產而已。」

「小金……」他看看籃子，又望望她，一時感動得不知如何表達謝意了。些許甜酒已使小金兩頰緋紅，眼睛發亮，格外地迷人；那新添的魚尾紋反而加強了臉部的表情，使得淺淺的微笑更富有內容。酒和一晚上愉快的氣氛，也使得他渾身暖和，腳底都感到輕快。突然，他下了個決心：我要再打一次申請結婚報告！這次得給周恩來寫信，必要時把美國的老同學都拉來幫忙。本來，桂林出差回來後，他曾打算再努力一次，可惜批林批孔運動又來了，他只好讓步，一直拖延下來。想到此，他只能責備自己行動太遲緩。

「我送你出大門吧。」小金說著，隨即去取帽子和手套。

已經穿戴整齊的小張聽了，正中下懷似地趕緊摘下了帽子。「那我就不送你了，老耿，有空常來玩吧。」於是一家四口很親切地把耿爾倆送出了家門。

外面雖然是零下的氣溫，天寒地凍，寒氣襲人，但有小金走在身邊，耿爾感覺不到絲毫的寒意。望著扶手上掛著的小竹籃隨著車行而搖晃，他溫暖了的心也不覺跟著搖晃了。

「小金。」他低低地喊了她一聲。

「嗯？」

她仰起頭來看他。兩人默默相視了一眼。小金又低下了頭，耿爾的臉卻綻開了笑容。他空出了左手，輕輕把手擱在她的肩上。遠遠傳來一兩聲爆竹，點綴得除夕夜格外寧靜。很久以來，他已經習慣了寂靜和沉默。直到此刻走在小金身旁，他才嘗到靜默中的安寧。這樣難得的愉快心情反而使得他不想開口說話，而小金也知己似地保持著沉默，唯恐打破了這溫馨的一刻。

兩人就這麼默默地走到了西直門外大街上。

「老耿。」小金忽然先開了口，音調微弱而遲疑，腳步也同時慢了下來。

「嗯？」

他低下了頭，深情地注視著被黑色風雪帽包住了大半個頭的臉；擱在她肩上的手輕輕地把她身子攏向自己。

「我……」她欲言又止，卻只把眼睛怔怔瞧定著他，像在探索，申訴，甚至懺悔什麼。他摸不著她的意思，第一次發現這對小小的眼睛竟然含蓄了如此深奧莫測的情意。

「怎麼了，小金？」

困惑地，他煞住了腳步，上半身微俯下來，焦急地望著她。

突然，她避開了他的眼光，轉過臉去，然後頗爲費勁似地，一個字一個字講出來：「我已經結婚了。」

「結婚了。」他嘴裡跟著重複了一句。瞧著那包頭的風雪帽，竟覺得那顏色太黑了；搭在她肩上的手慢慢地滑落下來。

她立刻轉過身來，仰面正對著他。

「你生氣了。」她急切地說，眉頭突然地皺起來。「你以爲我不肯等……我沒有辦法呀！」

她最後的聲調不僅悲切，簡直是抗議的語氣。

「都是我的錯。」他終於開了口，立刻覺得吃力之至，嘴唇乾燥得要裂開似的。

「不要那麼說吧。」看他那麼失望，她更加傷心了。但是，她立刻壓制自己，放柔和了聲調，勸解地說：「我出身不好，再等下去，也誤了你。」

也許聽到自己語氣太僵硬了，他忽然感到非常對不起小金。她怎能再等呢？他不禁深深責備起自己來，我沒有給她多少希望，我太自私了。

因爲站著不動，他開始體會到刺骨的寒冷。他不得不提起了腳步，一手扶著小金，一手慢慢推著車子走。

「我很高興妳結了婚，小金。」

他先打破了沉默。聽到自己強作鎮靜的聲音，他不免佩服自己的克制力。

「妳完全做得對，只要妳得到幸福，我心裡都是高興的。」

小金低著頭，默不作聲。

「妳愛人……他現在哪裡？」他故作輕鬆的問，雖然「愛人」兩字引起一份酸溜溜的感覺。「妳瞧，我雖然失去了愛人，卻意外得到了一個朋友。」

小金感激地瞥了他一眼，這才開口說：「他是個老幹部，身體不好，年紀也大了……反正是，一直在吃老本，十多年來，都是在家裡養病。兩個孩子早成家了，全在東北工作，所以他也不在乎別人的批評。領導知道他需要人照料，自然，就不叫我下鄉了。」

可憐的女人……耿爾覺得從來沒有像眼前這一刻這樣憐愛著她。

「怎麼不同妳一道來北京玩玩呢？」他說。

「換換環境有時很有益於健康的。」

「明天就來了。」她淡淡地說。

明天！措手不及似地，他的腳跟差一點捲進了自行車的後輪。為什麼不一道來？他幾乎衝口而出。但小金臉上那種放棄一切，聽天由命的表情叫他閉緊了嘴。

兩人默默地走過了一盞路燈。背後的燈把他們的身子投影在路上，他們就踩著這黑影往前走著。

「小金，」還是他先開口——沉默使得他的胸口悶得難受——「妳是個很勇敢的同志。我相信妳愛人不會虧待妳的。等他來時，請妳打個電話給我，我要好好地招待你們夫婦。」

「老耿……」她突地停住了腳步，仰望著他的臉，不住地搖著頭。終於她說了：「我們最好不再見面。」

不再見面！他感到心上被什麼重物撞了一下，又引起了那種痲木的、持續的鈍痛感覺。他懷疑，有生之日，這鈍痛的感覺會有消失的一刻。

「老耿，你一定要了解我才好，」她幾乎是在懇求他了，「我會忍受不了……我一定忍受不了！」

精明能幹的她竟一下子失去了自制，眼淚全湧了上來。她也不去擦它，隨它一顆顆往下淌。

「我不送你了。」她忽然說。

就在她轉身要走的時候，耿爾抓緊了她的肩膀。「我送妳回去。」

她果決地搖搖頭，正好把淚珠都甩掉了。

他已經把自行車掉過頭來，但是看她非常的堅決，他只好裹足不前。她抽開了身子，再望了他一眼，然後低低地道聲「再見」，就獨自走了。她越走著，腳步越快，最後竟低了頭，小跑步地轉進了一條巷子。

耿爾呆呆地望著她走過的馬路，空蕩蕩的，杳無行人。附近突然傳來一陣爆竹聲，夾雜著孩子的歡呼，這才把他拉回現實來。寂寞地，他又把車子掉轉了頭。夜已深了，只是他太疲乏了，只好推著車子徐徐步行回去。

尹縣長

我和尹縣長只見過兩次面，卻老忘不了他。

一九六六年秋天，我從北京到西安，住在朋友老張家。那時，老張的獨子正是不可一世的紅衛兵，還是個小毛頭。才高二的小伙子，他已器宇不凡，張口閉嘴都是保衛毛主席、造反有理的革命道理。這小張身上一套草綠軍衣，因爲捨不得換下來洗，領口和袖口都油污發亮了；臂上套著五寸長的紅綢袖章，倒是非常耀眼，見了人喜把右手插在腰上，逼得別人不得不正視這紅袖章所代表的權威。其時，他和另一位紅衛兵正要往陝南的興安縣，去點燃革命的火種。據說那一帶的革命形勢遠遠落後，連個紅衛兵組織都沒有，因此西安「紅總司」總部決定派兩位得力的幹部去開展工作。小張是主動要求去的。他本來就是興安人，十二歲時才隨父母遷到省城來，這一次，除了革命需要，還可以重遊舊地，探親訪友，堪稱公私兩便。當然在那時候是絕對不能說公私兩便，否則非受批判不可，當時正在破私立公，只能用毛澤東「毫不利己，專門利人」的教導，來作爲個人行爲的準則。我正好提前辦完差事，還有半個月左右的差假，而西安的名勝古蹟如大小雁塔、碑林和半邊坡的出土文物，早在以往的出差中就遊覽過。既然覺得待在西安也無聊，就接受老張的建議，同小張他們去陝南，看看漢中盆地的景物。

我們坐了一天一夜的長途客車才越過秦嶺，到達興安。這一路除了山還是山，車子老是處於傾斜拐彎的狀態。我一直是昏昏沉沉的，很不自在，即使到站下車，走在路上身子仍然往一邊倒似的。秦嶺眞是一座厚實的大屏風，嶺南嶺北兩樣風光。來前西安已是草枯樹凋，秋意蕭條，但此地卻是一片濃綠，乍疑置身在江南。

小張把我安置在他的親戚尹老頭家裡，自己和同學要去住縣立中學的宿舍。尹老頭已七十開外，身板仍很硬朗，年前才失去老伴，現在自己住著一大間磚屋，床榻桌椅都收拾得很整潔。對我們這些遠客的來訪，他顯然由衷地歡迎。我們一進門，他就笑眯眯的，扔了旱菸袋，捲起袖管，忙著做飯了。小張和他同學也學習解放軍傳統，擱下行李捲就動手給他挑水、劈柴。

吃罷晚飯，小張倆正要動身去縣中，一個戴眼鏡穿幹部服裝的男子跨進門來。小張乍見了他，愣了一會，才靦腆又勉強地向來客喊了一聲表叔，接著就把我們介紹給客人，向我們說：「這是我的遠房表叔。」他把「遠房」兩字咬得很重。

因爲不知道客人的姓名，我和小張的同學也客氣地用「表叔」向他招呼。剛一介紹完，小張就慌張地拉起我的手腕看錶，嘴裡說著「不早了，怕學生宿舍要關門」，急急忙忙地催著他的同學，一起扛起鋪蓋捲走了。

這位表叔對小張匆匆碰面又分手，似乎感到又驚訝又莫名其妙。除了殷勤地向我們點頭微笑外，他詫異的眼光一直追隨著小張膀子上的紅袖章。這個人身材很高，雖然黑黑瘦瘦的，腰板卻挺得很硬，年輕時想必體態很威武的。看人時，他的目光凝注著對方；聽人說話時，頭微傾過來，唯恐聽漏似的，臉上的表情既溫和又謙虛。五十歲不到的年紀，一身半舊的灰色中山裝洗刷得很整潔，布鞋布襪，眞是中國由南到北典型的老幹部模樣。

他坐下來和尹老寒暄，話了一回家常後，才客氣地向我盤問來歷。一知道我是外地人，專程到陝南來遊歷，他似乎放下了心。向我表示歡迎外，他還帶著中原一帶人特有的純樸自謙的口氣說：「我們興安是窮鄉僻壤，除了這一眼望不到邊的秦嶺、大巴山外，就只有一條漢水了。北邊山裡倒有一些瀑布，還値得賞玩。可惜近來又搞運動了，抽不開身，否則我非常願意陪你去走走。」

也許「運動」這個字眼使他想起什麼，他臉色竟暗了下來，輕輕地嘆了口氣。尹老頭扭亮了唯一的一隻燈泡，給他端了一碗開水。他沒有喝水，發呆地坐了一會，就告辭走了。

第二天，好客的尹老打破了多年來日食兩餐的習慣，一早爬起來熬粥。我睡了一夜好覺，疲勞全消，這才想起在西安買的一些臘肉、牛肉乾、肉鬆等，趕緊撿出來送給尹老。喝粥的時候，我談起這位「表叔」，才知道他竟是興安縣長，也姓尹，和尹老是本家。

「他起義有功做了縣長，雖然是黨委書記抓實權，但大家都愛戴尹縣長。」

原來尹縣長在解放前是胡宗南手下的軍官，佔據過秦嶺東南的一些關口，手下有好幾千名士兵。因爲秦嶺地勢險要，強攻必不可下，早有地下黨人奉令給尹上校做思想工作。那時尹上校是二十多歲的熱血青年，手下的兵多是秦嶺山區的子弟，對他頗爲信服。當他毅然決然向共產黨投誠時，部下也是一面倒。

「這樣，不費一粒子彈，陝南三個縣便插上了紅旗。」

尹老一說完，便點燃了旱菸，猛抽了兩口，舒暢地吐口氣。他眨巴著老花眼，似乎這往事的回憶，還頗令他激動。

「我們雖是本家，但我也不憑空給他塗脂抹粉——你問問這方圓四十里的人去。他起義投誠時，不求自己封官發財，只要求保障手下的士兵安全，給機會改過自新。這樣的人，怕也不多吧？」

我同意。「這樣的人確是不多。」

「現在是誰出身好誰就吃香。可是土改那陣子，他老家的工作組給他娘劃了貧農，他卻要求重定。說他爹在時，農忙常雇人打工，按理得定爲富農才合乎政策。後來總算劃成中農。」

「這樣說，尹縣長表現還挺積極呢。」

「嘿，你還不知道，三反、五反時，他是縣裡唯一過了關的幹部。我們縣的黨委書記換了幾個；頭一個就是三反五反查出貪污下台的。」

「黨委書記怎麼換得這麼勤呢？」我不免詫異了。

「唉，咱們這個縣比較複雜，加上是個窮山區，生產老是上不去嘛。生產上不去，什麼問題都來了，解決不了就撤書記的職。說實話，解放以來，產量翻了番，我們的生活比以前好些，但哪能同關中一帶比呢？你剛從關中來，你就曉得：那八百里秦川，種一季能坐吃兩季的。咱這裡可差遠了！十年九旱。人民政府雖盡過力，可是天時一不好還會鬧饑荒，啃樹皮吃草根還是有的。前幾年收成壞，我曾回山裡老家一次。鄰家的大姑娘不能出來見客——沒有長褲穿。原來她娘早把布票變換糧食吃了！我這是自己人說話，相信你不會給我一頂反革命帽子戴。」

我嚴肅地搖搖頭。「我不是黨員，而且最恨背後給人打報告。」

尹老不屑地「呸」了一聲，表示與我同感。

「三年困難時期，我們這裡也是夠瞧的。人說話要憑良心，我活了七十多了，在解放以前，比這個苦的也經歷過。……困難時期這段日子裡，幹部和老百姓一樣沒有吃的，所以撤了個黨委書記，大家也沒啥抱怨了……也幸虧這個三年困難，否則連尹縣長也要下台哪！」

「怎麼，他犯了錯誤不成？」

「大鳴大放時，他說了幾句，主要是自己帶頭批評農業政策。誰知突然來個反右，差一點給戴上右派的帽子。他愛人本來在縣中工作的，也調了職，不是叨著尹縣長起義的光，有政策明擺著，早給下放回陝北窯洞去了。本來要培養尹縣長入黨的。他也打了報告上去了，這下反右，一切全完了。話又說回來，他也並不真想入黨。他曾對我說過，這馬克思主義的理論，他一輩子也學不到手。本來，在反右以後，也風傳著要罷掉他的縣長官位。可是六〇年春夏，我們連著碰到空前大旱，玉米、麥子顆粒無收。農民情緒壞透了，地也不願種了，搶糧、偷竊的案子發生了好幾起，政府的救濟糧也不能解決問題。這時候，不但不好撤尹縣長的職，還特地派他抓農業生產去。那兩年，他親自下到農村，號召農民堅持生產，同時放寬限制，鼓勵他們的積極性，恢復自留地，搞包產到戶，還有自由買賣的集市……」

「哎呀，尹伯伯，」我忍不住打斷他的話，「您還提這三自一包的事！要知道，這文化革命，就是追究三自一包的責任呀！北京的大字報已經不指名的點了劉少奇，要批判這一套復辟資本主義的政策了！」

「有這回事？」老頭不相信自己的耳朵，張大了嘴瞪著我。

「怎麼沒有！」我壓低了嗓門說。「我親耳聽過好些人在議論了。」

「我當眞老了，跟不上形勢了……」他洩氣地搖著腦袋，額上幾根白髮也跟著顫抖起來。突然，他又固執起來，鎖緊了眉頭，使得一張臉活像一隻失水乾癟的橘子。「我不懂，」他賭氣地說，「那時候，不這樣做，農民不造反啦？」

「快別這麼說！」我趕緊警告他，「你這位親戚如果推行了這一套，少不得也會挨批判的。」

老頭聽了倒笑出來，不在乎地說：「批判算什麼！不要說當幹部的挨批判是家常便飯，連我這個小小老百姓，這幾年來，在大會小會上，也不知被批判過多少回了。」

「說的是。據說這次是爲了反修防修，主要挖的是劉少奇的修正主義根子，其他具體執行的人，還不是消消毒就算了。」

「那就是了，」老頭同意地說，似乎氣消了些。「尹縣長推行三自一包那一套，可是執行上頭的命令，哪會是自己發明的？從反右以來，他這縣長的官也是掛名而已。」

雖是那麼自我辯解一番，然而自這次談話後，尹老就掛上一副若有所思的臉色，沉默寡言起來。沒事時他就坐在門口矮凳上，抽一口旱菸，神經質地眨巴著眼睛，似乎獨自在揣摩什麼事情。

事情確是變化得很快。我才不見小張兩天，小小的縣城就出現了紅紅綠綠的大字報，宣告當地紅衛兵組織的成立，號召居民、學生起來革命，更要幹部「引火燒身」，自己跳出來批判自己。

整個縣城的精華是一條東西走向的公路。尹老的房屋在西頭，我站在路邊，企首東望，本縣的重要建築物——最遠是縣中、小學和電影院，中段是縣政府、百貨公司和汽車站，靠西頭是縣醫院——都盡收眼底。那幾天，常看到中學生拎著一桶煮麵糊，拿了板刷，在牆上大把地刷上麵糊，然後貼上大字報。進城辦事的農民都好奇地站著瞧，年輕的還指指點點的談論幾句。偶然傳來馬達聲響，人們的注意力立刻轉過去。原來是山裡開來的拖拉機，正招搖過市，小小拖車上擠滿了一張張興奮的、被風吹日曬得又紅又亮的臉。車子過後，大家的眼睛又回到斗大的墨字和煽動性的標語上：

揪出推行資反路線的×××！

誰捂蓋子就和誰鬥到底！
×××必須低頭認罪！
×××東窗事發，末日來臨！
陝西紅總興安造反團奮勇前進！

那幾天，在街上都可以聽見人們大聲議論縣委書記挨轟的事。紅衛兵要召開批判大會和鬥爭會，批他抗拒「十六條」，抗拒運動，貪污腐化，還準備把他遊街一番。正在這熱火當頭時刻，縣立小學的大門口突然刷出新的大字報，鬥爭矛頭指向另一個幹部。等我聽到這個消息，走去看時，大門口已經圍上三四層的觀眾了。費了很大的勁，我才擠進了裡圈。

這篇大字報標題是：「誰是眞正的階級敵人？」底下小標題是：「提防撈了小蝦，溜走大魚！」它要大家合力揪出縣府內眞正的階級敵人和潛藏的地痞流氓；說他一向僞裝積極，謊報成份，剝削成性，他的「地主婆」老婆從來都抗拒改造云云。我本來不知道這影射何人，後來聽了旁邊的人七嘴八舌地議論，才明白指的是尹縣長。

火終於燒到尹縣長頭上了。明知這是時勢所趨，絕無可免的事，我仍然喟嘆了一聲。

那天晚飯後，小張來找我，給我送來了第二天去漢中的汽車票。我提起白天看到的大字報，順便問他，這位「縣長表叔」究竟怎麼回事。

聽到表叔二字，小張刷的紅了臉，鼻孔一搧一搧的，隱約有氣憤之意。他開始抱怨組織工作難搞，說這山區的青年思想又落後又頑固，而且壓根兒不懂政策。原來剛成立不久的造反團，不知被誰幕後操縱，突然颳起一股歪風，要「先整縣長，再捉黨委」。

「準是一小撮保皇狗幹的！」小張咬牙切齒地說，「他們想保走資派，就轉移鬥爭大方向，打起落水狗來了。」

「怎麼，你表叔還是一個老運動員嗎？」我好奇地盯著小張問。

他聳聳肩。

「他最多也不過是漏網的右派。我表叔……」

說到這裡，他遲疑了一下，立即迅速地搖晃了一下腦袋，似乎下決心要甩掉這層親戚關係。

「誰都知道尹飛龍多年來是掛名的縣長，大張旗鼓地搞他完全脫離大方向——這才眞叫撈小蝦，溜掉大魚！那黨委書記貪污腐化，亂搞男女關係，民憤大極了，卻輕輕放過。我懷疑就是他在幕後操縱一部份紅衛兵，製造分裂。可是我一提出要捉黑手，有的反而說我有意包庇親戚，眞他媽的！」

他越說越有氣，不勝委屈似的。條凳也坐不住了，霍地站起，一拳打在飯桌上，碗碟差點震破。我嚇了一跳，卻也不知怎麼安慰他才好。我望望尹老，他漠然地眨巴兩下眼，依舊抽他的菸。偶爾他冷眼端詳著小張，但也不說什麼。

那天，自從日頭沒入山峰後，便颳起了風。入黑以後，更是呼呼作吼，一陣緊似一陣。小張怕天氣有變，不肯多留，翻上衣領遮風，便匆匆走了。尹老開了燈，便去收拾飯桌，燒水封火。我理出一個手提袋，準備第二天隨身帶走。

我們漱洗完畢，已經九點半。在這山城裡一般人家這時早已進入夢鄉了。正準備熄燈上床時，我突然聽到有叩門的聲音，很是輕微。尹老正坐在床沿，彎著身脫鞋，好像毫無所聞。我好奇地拔去了門閂，只見一個人影隨著呼嘯的山風閃進來，還隨手替我把門帶上，動作乾淨俐落得很。在搖曳的燈光下一看，竟是尹縣長。我不免驚訝起來，這麼晚了，他還來串門。

他立刻向我們表示歉意，說不該這麼晚還來打攪我們休息。

「我難得碰到北京來的同志，忍不住想請教幾個問題。」

我招呼他在飯桌邊坐下來。尹老又套上了鞋子，也過來作陪。

尹縣長摘去了帽子，除下了眼鏡。也許一時不知說什麼好，他竟掏出一塊手帕，專心地揩拭起鏡片來了。一去了眼鏡，他那黑黃的臉似乎放大了些，籠罩著惶惑和疲倦的神色。因坐得近，我注意到他左眼角有一道疤痕，直拖到耳邊，右手背上也有寸把長的手術縫痕。這些大概是他從前當過軍人的表記吧，我想，否則他現在的模樣，怎麼也叫人想像不出他曾是大字報所指的「軍閥」。不知道他是否曉得自己被貼了大字報，我不忍心提起。

沉默了一陣，他突然盯緊了我的臉，很誠懇地問：「究竟爲什麼要搞這文化革命？」

我從他急切的語調，已能想像他心中所受的困擾。然而我在那時候，也不明白這文化大革命的意義，卻只管把報章上看熟的，耳朵裡聽慣的，對他背誦如流。

他似乎越聽越胡塗，頭大大地歪向一邊，眉頭也皺了起來。

「我還是不明白，這文化革命跟我有什麼大關係。」

聽完我說了一大通後，他才開口，同時慢條斯理地把眼鏡四平八穩地戴上。

「我從來不是縣裡的第一把手——連第二都不是。不搞組織，不管宣傳，不曾出謀畫策過。黨叫幹啥，就幹啥。一共就是一個腦袋，隨黨怎麼改造……至於我的歷史，解放以來，也交代過五、六回了，還有什麼隱瞞、謊報呢？」

這最後一句其實是自言自語，說完頭就掛了下來，用右手撐著。手背上的傷痕像一條吃淨的葡萄枝梗，映著燈光，紅得發亮。

我和尹老都不知說什麼好。尹老乾咳了兩聲，又在衣袋裡摸索火柴，然後點起那根相依爲命的菸管。

我掏出一包「大前門」香菸，向尹縣長遞過去，但他搖頭，說一向不吸菸。我就自己點了一枝，開始好心勸他。要他相信黨的政策，相信群眾，更要相信批判從嚴，但處理從寬。一根菸燒完，我嘴也說乾了，再說就要純粹扯謊。

他一直細心地聽著，不時還點頭附和，雖然神色間掩藏不住一絲苦笑。

「我並不擔心我自己，」他爽直地說，「這就是無兒無女的唯一好處。我只是覺得遺憾。至於遺憾什麼，我也說不上來。好像是……我從來不曾做一點事，不曾對國家、對人民有什麼貢獻。」

「你不能想得太多，」我說，「我們都不能想得太多，每個人盡了本份就是對國家有貢獻了。」

但他悽然而笑，否定地搖搖頭。

「我知道共產主義時，已快三十歲了，」他回憶地說。「那時，我也不清楚共產主義的理想是否一定能實現，實現了以後又是什麼樣的情況。我十五歲時被拉去當兵，吃了多少的苦頭。那時心裡只想著怎麼熬過去，向上爬，有一天做到團長，師長，將軍……我從來想到的就是我自己。所以，當有人向我談到共產主義是教人爲別人活著，爲中國老百姓做事，我開始感到自己眞渺小，眞骯髒，覺得自己一向都白活了。我記得，我曾經感動得手腳冒汗，握在手裡的馬鞭子變得水淋淋的……但是我畢竟是個老粗出身，小時候沒有好好讀過書；解放以來，雖幾次參加學習班，可惜文化水平太低，總是讀不懂馬列主義。我有時候相信，它們是專門給知識份子看的，或者本來就不是給中國人看的。反右以前，組織上曾經輔導我學習劉少奇的論黨，還有一些心得。到底是中國人說的話。現在號召大家學習毛主席的著作，前天我們才從倉庫裡搬出幾套來，全落滿了灰塵。」

我告訴他，劉少奇已經靠邊站了，那本《論黨》變爲大毒草，因爲引了孔孟的話。他不僅是驚訝，簡直是胡塗了。

「孔孟的話又有什麼不對呢？」他問我。「我以前學過一個毛主席的文件，上面也引了孔孟的話呀！」

「那當然不同，毛主席引用的嘛！」我順理成章地說，「別人用便是別有用心，妄想復古！」

在這個問題上，我也不比他清楚多少，所以我趕緊換個話題。

「你爲什麼兩次報成份不一樣呢？」

他一聽，愣愣然望著我，像被人揪住辮子不放似的。

「我確是謊報，」他坦白承認，一臉的懊悔莫及。「我向黨投誠後不久，被編在一個學習班裡，每天學習優待俘虜的政策。幹部號召大家向黨坦白，交心。有人帶頭向黨交代，供出來的罪行眞是嚇壞人，槍斃他都有餘，可是都被寬大處理了，絲毫不追究。我們這些官兵都感動得流淚了，人人爭著找幹部談心、交代，恨不得把自己的心都挖出來，把自己說得越壞越光榮似的。我那時還遺憾自己的老子不是軍閥或特務頭子。所以，塡表的時候，報了個地主，至少顯得可信一些——哪個不都以爲我們是地主惡霸出身的？五三年時，我家鄉考核土改成績，工作組把我家劃爲貧農，因爲解放時我家正好無田無地。本來是有幾畝地的，四八年給我妹妹作嫁妝了，兩老靠我匯錢過日子，比自己種地好多了。我當時覺得，定爲貧農實在是對黨不忠實。那時家父已經去世了，我就給當地黨委寫了信，請求劃爲富農。以後縣裡通知我母親，說改成爲上中農了。倒是我妹夫倒楣了，就因爲添了那幾畝地，被劃成富農，成爲黑五類份子。夫婦倆揹了包袱，感情也不融洽了……。」

漸漸地，他嗓門乾啞起來，終至哽咽不成聲，只剩慘笑的樣子。我除了嘆息一聲，也無話可以安慰他。

「夜了。」

尹老第一次開了口。他不知何時已收起了旱菸管，正兩手交握著，焦慮地望著尹縣長。

山風顯著的減弱了，相伴而來的是沙沙的雨聲，細細碎碎的，像春蠶啃桑葉一般。尹縣長如夢初醒似地站起，套上了帽子，又不知所云的自言自語了幾句。尹老直搖著頭，默默和我送他出門。尹老要把門邊的傘給他，卻被婉拒。看著他高高的身子消失在黑夜和風雨中，尹老才閂上了門，立刻熄了燈。我們彼此一語不發，摸著黑上了床。

第二天我出發去漢中。

一星期後，我又回到興安。正是落日時分，山峰、樹木和屋宇都沐浴在夕陽裡，一片金光燦爛。汽車站裡四面貼滿了大字報，還有色彩鮮豔的連環畫和宣傳畫，花花綠綠的，令人應接不暇。我提著行李袋，在那兩條板凳的候車室裡走了一轉。只溜眼一下那些標題，便知道尹縣長已成眾矢之的了。我想踅到縣立中學看大字報，經過戲院門口時，看到大幅的標語已經蓋住了電影廣告，「停止營業全力鬧革命」的通知封住了售票窗。

縣政府大門前冷清清的，只有一個中年男子勾著頭，彎著腰，在打掃臺階；另一個年輕的小伙子站在旁邊監視，悠閒地吐著煙圈。這也許就是挨頭一砲的黨委書記，不過我沒有心思打聽罷了。街上人來人往，比前幾天熱鬧些；其中很多是戴紅袖章穿綠制服的中學生。到處都是觸目的紅顏色，紅紙標語、紅色大字報和紅色招牌，在夕陽裡，一片紅得冒火的景象。我仔細瞧瞧這街上兩旁的鋪子，原來都換上了新名稱：「工農」百貨公司，「戰鬥」飯館，「紅衛兵」照相館，「衛東」小吃鋪，「東方紅」戲院，「爲民」農具修理廠……。

我遠遠就望見中學的門口聚了一大群人，走近時，才知道有人在辯論。那人群擠得密密麻麻，針都插不進似的。我本想往回走，突然聽到辯論的一方，聲音似乎很熟悉。誰呢？我好奇起來，決定看個究竟。於是，我背靠校牆，把行李袋做墊腳石，然後扶著牆，站上去看。是三個紅衛兵在辯論，一個招架兩個。那單槍匹馬的，是個方臉濃眉的少年，顯然只有固守的餘地了，滿臉通紅，嘴裡粗聲粗氣的，不停地用手抹額頭的汗。他的兩個對手，顯然佔了上風，得意洋洋，竟唾沫橫飛，昂頭瞪眼的像鬥勝的公雞；其中特別神氣活現的正是小張。他也是臉紅脖子粗，但盛氣凌人，頭挺得比誰都高。

「我還是一句話，」方臉的少年不服氣地掙扎說，「我們要本著黨的政策，是起義就既往不究，這才合乎毛主席的教導。」

「呸！」小張憤怒地駁斥他，「你還沒有學通毛主席的教導哪！毛主席還說過：有冤報冤，有仇報仇，不是不報，時候未到！怎麼樣？現在是給階級兄弟報仇的時候了！」

「瞧！人家能大義滅親，你這立場，又站在哪兒啦？」另外一個氣勢洶洶地責問。

「殺人償命，還能有二話嗎？」小張再迫了一句。

「血債要用血來還！」另一個索性提高嗓門喊起來。有幾個學生跟著唱和，那方臉少年仍然頑強地爭辯，但聲音卻被割碎，終至淹沒了。

也許旅途勞累，我突然感到頭昏眼花，心口作嘔，便連忙跳下來，撿起手提袋，迎著微弱的夕陽走向尹老的家。一路上，耳朵裡似乎仍震盪著「殺人償命」的呼喊。

剛到尹老門口，最後一線陽光已消失無蹤了。我又餓又累，只想躺下來休息，然而一推門進去，就大失所望了。屋裡坐著兩個客人。一個是與尹老一樣年紀的白髮老頭，他正捧著小小一本紅色《毛主席語錄》，秦腔十足地唸著。另一個是老太婆，身體一動也不動地盯著手裡的小紅書。聽到我進屋的腳步聲，老太太才醒過來似的，坐直了身子，詫異地盯住了我。她嘴張得老大，下巴脫節似地掛了下來。唸書的起頭停頓了一下，相了我一眼後，又喃喃唸下去。尹老頭從床沿站起來，與我點點頭，又坐下去，捧著一本小紅書，手卻擱在膝蓋上，也不打開書頁，只默默地望著它。

我把行李袋放在一週前睡過的小榻旁，自己打水洗臉去。我開始後悔又回到興安來——我本可以由漢中直接經西安回北京的——只不過要回來取一個挎包，兼替北京的朋友買一隻木澡盆，誰知偏趕上人家在整尹老！他已自身難保，家裡再住個外地來的，豈不使他難上加難！我一邊抹臉，一邊下了決心，只要一弄到車票，立刻就走。

尹老也來舀水淘米，升火熬了一鍋粥，又切了一碟醃菜端上桌來。老頭老太看這情景，才如釋重負地起身，隨手拎起他們屁股下的小板凳走了。他們前腳才出門，尹老便去碗櫥裡端出一碗湖南臘肉來。這還是我從西安捎來的，他沒捨得吃，特意留著。

我告訴他，我打算第二天便回西安。

他連著點頭。「早離開這裡好。」說完，他埋頭喝粥，絕口不提自己的事。

我們才放下碗筷，辦學習班的人又來了。這次是另外兩個：一個老太婆，另一個是四十開外的婦女，剪短髮，神情泰然自若，很像是個幹部。

「尹老頭，你想了沒有呀？」這中年女子一推門進來就問，銳利的眼光把桌上的碗盤來回掃過兩遍。

「我實在不曉得。」尹老漫應著，管自收拾著碗盤。

「你開動腦筋，回憶回憶嘛！」她很有耐性地說，同時找個最舒適的，又背牆又靠桌的位置坐了下來，準備長期固守似的。

老太婆也在桌子另一邊坐下，從兜袋裡掏出《語錄》，板起臉來瞧定了尹老。

「也不過是二十多年前的事，怎麼就想不起來呢？」中年女子又說了，「他還是你兒子手下的人，多少人都知道這回事，難道他就不曾給自己老子提一句？十八歲的小伙子呀，活蹦跳的，竟讓尹飛龍這個軍閥、惡霸給一槍送了命！這是階級仇恨呀，能不給他報嗎？你自己的兒子又是怎麼死的？文化革命嘛，就是要算這筆總帳！」

「我兒子是陝西解放前一年死的。」尹老頭平靜地回答，一邊仔細地揩抹著飯桌。

「怎麼死的？還不是給尹飛龍當砲灰！他頑固反共，把青年子弟押去當砲灰，眞是罪大惡極！你這大把年紀了，還顧忌什麼？快站出來跟他劃清界線！」

「包庇親戚會罪加一等！」老太婆也插上嘴。「別看他常來看顧你，那是黃鼠狼拜年，不安好心哪！他不做虧心事，何必這麼積極想封住你嘴呢？」

屋裡已經黑得臉都看不清楚了，尹老卻沒想到開燈，只管自己坐在床沿。我疲倦得直想躺下來，終於忍不住去扭亮了燈。乘著這兩個女人打開書翻找《語錄》時，我開了門溜出，到縣中找小張。

小張的名氣似乎不小，一找便著。原來他當上了造反團的副司令兼宣傳部長，獨自坐鎮一個辦公室，還配備了女秘書。辦公室門上新漆了「宣傳部重地，閒人莫入」的紅字。這裡人進人出，燈火輝煌，一派徹夜工作的氣氛。小張自己一身嶄新的綠軍服，腰裡紮著寬皮帶，紅光滿面，一副少年得意的模樣。

我本來想問他何以改變了對他表叔的看法，但是有女秘書在旁監視著，我也只得壓下自己的好奇。我只告訴他有急事想趕回北京，明天得離開縣城，請他設法解決交通工具。他倒答應得很爽快。

「包在我身上，」他拍拍胸脯說，「明天一早就有消息。」

也不過半個月光景，小張似乎變了不少，言語、動作都像在演說，神情充滿了自信——簡直是驕傲。

事情既已講妥，我起身告辭。

「就走了？還早吧。」他誇耀地捋起左手袖子，仔細瞧了一眼手腕上新添的一隻錶。

我笑笑，也不說什麼，就離開了這「宣傳部重地」，自己在街上蹓躂。才九點鐘，但行人稀少，多數鋪子已打烊了，很多住家也熄了燈。這時山風吹來，備感夜涼如水；鐮刀似的月亮掛在山巔，聳入雲霄的群峰，在朦朧的月色裡顯得陰森森的，宛如窺視的猛獸，伺機要圍撲過來。

我頂著寒風，從街東踅到街西，再踱回來。所有鋪面全落了鎖後，我只得回尹老家來。那兩個女的仍在勸說，而尹老嘴裡叼了旱菸，仍是洗耳恭聽地坐在床沿。我累得連連打呵欠，看了手錶，已經快十點了。那幹部模樣的婦人見我看錶，就起身說：「你們早些休息吧，我們明天再談。」她很快的就同老太婆走了。

到底是山區人家，富有人情味——我想著也頗爲感動——辦學習班也想到讓人早休息。在外地，不都是輪番作戰，從早上八點直幹到深夜一、兩點嗎？

因爲疲勞過度，我在熄燈上床後，發覺全身骨節全散了似的，痠痛無比。在闔眼前，我勉強掙扎著，向對鋪的尹老勸說幾句：「你還是有什麼說什麼吧，尹老。這種『談心說服』的學習班，無日無夜的，不達目的不罷休，你又何苦呢？還是相信黨，相信群眾，把事情搞清楚就算了……」

我的聲音越說越低，像是說給自己聽的，最後竟至淹沒在黑暗裡。

良久，才傳來尹老一聲拖長的苦笑。

「我老頭自己也搞不清楚哩。我也只是聽說有個兵因爲作戰時違抗命令，被尹飛龍親手槍殺了。我又不認識那個兵，又不曾眼見，有什麼好說的呢？要幹掉尹飛龍，就幹掉好了，偏去挖這種爛陳帳！我兒子是跟共產黨打仗死的，我又怎麼說呢？」

怎麼說呢……這個無法回答的問題，就伴著我的嘆息，一起進了夢鄉。

第二天，出乎意料之外，小張居然派人送來了一張搭乘當天飛機的介紹信。我並且搖身一變，成了他們造反團的特別觀察員，連飛機票都不用花錢買。起飛時，小張還來揮手作別。我隔著機窗向他揮手，可惜轉眼就失去了他的影蹤，連興安縣城也不見了。機窗外，除了山，還是山，是連綿不斷，萬古千秋，偉大的秦嶺。

六八年春一個颳風的下午，我在北京東單公園裡閒步，無意中撞見了小張的堂弟。在西安時，只見過一面，還虧他先認出了我，向我打招呼。他穿了一身臃腫的棉衣，挎了個腰包，正一個人坐在條凳上削鴨梨吃。驚喜之餘，我在他身邊坐下，同他聊起來。他是和一些紅衛兵代表來北京告狀的。原來陝西紅總司已分裂成誓不兩立的兩派，彼此文攻武衛，糾纏個不休。他們這一派先發制人，派代表到首都爭取中央文革的支持。

我打聽了西安的近況，問起他的伯父和堂哥來。「你哥哥更得意了吧？」我略帶頑笑地問，「現在做到什麼官啦？」

誰知張小弟聽了，臉頓時發暗。

「我哥哥不怎麼好……」他有些口吃起來，好像拿不準該讓我知道多少才是。「他已經三個月不回家了，大家也不知道他在哪裡，我伯父爲他氣得發了胃病……」

我聽了也很爲我的老朋友難受。張小弟說，他們哥兒倆不巧是對立派。小張那一派武鬥搞得兇，頭頭都受到通緝；可能風聲緊，他躲起來了。

「你們兄弟倆也太拋頭露面了，」我不客氣地批評起來，「現在什麼時候啦，還讓你們繼續造反嗎？馬上都要軍管了。年輕人不曉得學習，不重視組織紀律，成天打架，爭權奪利，這樣下去難保有好下場！」

聽到我對紅衛兵的苛責，他很不好意思，辯解地說：「我們是有缺點，我伯父也是這麼說來的。我還是頭一次離開陝西哪。我啥事也不出面，我這次是抓了個機會到北京來玩的。不像我哥哥，他陷得太深，不能自拔了。我爸爸說他是讓勝利給沖昏了頭腦。槍斃尹縣長那一陣子，他眞是紅得發紫……」

「你說什麼？」我立刻打岔。「槍斃尹縣長？」

他點點頭。「六七年初的事。」

「什麼罪名呢？」

話一出口，我隨即向他擺擺手，心裡說不出的憤慨、失望和悽涼的滋味。

「算了，那些罪名我全知道，牽強附會到極點！他是響應號召起義的，何至於死罪？」

「當時都認爲是革命需要，不槍斃個把人不足以樹立威風，擴大影響。事後大家也覺得過份了些。我們派還有人想替他平反，只是時候還不到，不曾提出罷了。類似這樣的事也不只尹飛龍一個。」

正說著，一陣風颳來，泥沙紙屑都捲起在空中翻騰，太陽早不知被驅趕到何方去了，滿天昏昏慘慘，一片黃濛濛。我瞇緊眼，頭順著風勢躲，臉皮被風沙刷得痲癢癢的。那黃土高原長大的少年卻毫不在乎；風颳得疾時，他還興奮地張開兩臂，想捕捉一把似的。風過後，他又拾起了話頭。

「我到興安那天，正好趕上開公審尹飛龍的大會。我記得，一宣讀立即執行死刑的判決後，尹縣長頭向前栽下去。如果不是後面兩個紅衛兵拉著他，他大概會昏倒。他老婆想衝上臺去，嘴裡直嚷著：『講政策，你們講政策呀！』她當場就被人架走。這一來，群眾反應不熱烈了，只有會場前部和兩旁的紅衛兵鼓掌歡呼。我哥哥立刻跳上臺呼口號：『血債要用血來還！』『處決軍閥、惡霸、反革命尹飛龍是毛澤東思想偉大勝利！』起先，我們還跟著喊，可是聲音越來越稀，越來越低。我當時好像喉嚨被什麼堵住了，胸口飽脹得難受。到最後一句毛主席萬歲時，只剩下臺上的人跟著喊。大家一看，跟著喊的竟是尹飛龍！他雙手被人架在身後，眼鏡掉了，但頭卻昂起，臘黃著臉，瞪大了眼睛，低沉有力地喊著『毛主席萬歲，毛主席萬歲』。我們都呆了，全場不作聲，只聽著他一個人喊。」

「啊……」我長長吸了一口氣，胸口也脹飽飽的，說不出話來。

「本來，有人提議公審時，照例用鐵絲箍住他的嘴，怕他喊反動口號。可是有人說不必要，諒他沒有這個膽量，終於沒用。現在眼睜睜看著他喊毛主席萬歲，綁架他的人又不敢用手捂住他的嘴——怕犯錯誤。忽然，後面的觀眾騷動起來，往臺前擁擠，任大會主席怎麼喊

『加強革命紀律』，全不理睬。紅衛兵慌忙搶上臺，霸住了，不許群眾上去。主席只好宣佈立即槍決，唯恐生出亂子。於是四五個人把尹縣長拖上卡車，預定遊街的節目也取消了，就直接往亂石堆開去。您知道溝口的亂石堆吧？」

我點點頭。有一次我坐板車進山，曾經過那裡——兩旁懸崖絕壁，中間是山溝沖出的一片扇形亂石地帶。

「尹縣長被綁在一根預先插在石堆裡的木樁上。當舉槍對準他時，他又仰頭高呼：『共產黨萬歲！毛主席萬歲！』眼睛鼓得大大的，眼球好像要爆裂開來似的，嘴脣也咬出血來。大家嚇壞了，對著這樣的口號怎能開槍呢？非讓他停止喊口號不可！我哥哥正好有兩條大手帕，就上去把他的嘴堵上了，劊子手這才開了槍。這一次，一聲歡呼都沒有，也沒有人想走近去看，那屍體就孤零零地斜掛在木樁上……我偏過頭不敢看，一個農民卻盯著我問：他這麼喊毛主席萬歲，怎麼還槍斃他？」

「你怎麼回答呢？」我說。

他苦笑地聳肩膀。「我叫他少管閒事。」

又颳過一陣大風，暮色就提早降臨。

我們都沉默了。

「那尹老先生還好吧？」我想起那好客的老人。

他搖搖頭說：「他已經去世了。」

接著，張小弟站起身，說要回去開會，匆匆走了。我也不問尹老是怎麼死的，腦子裡只是反覆地湧上一句平日誦熟的毛澤東的話：死人的事是經常發生的。

值夜

柳向東腋下挾了只大號飯碗，手裡拿雙筷子，大步跨進了農場的食堂。

食堂裡擠滿了人，賣菜的窗口全是人龍，連往常賣湯的牆角也拖出老長一條尾巴。原來下午剛到的一批教師，在安排好過夜的床鋪後，都趕來吃飯了。而明早回南京的一批，為了享受在農場裡的最後一頓晚飯，也提早來排隊，弄得餐廳意外地擁擠。幾張飯桌全爆滿，多數人是端了飯菜站著吃。柳向東跟上了一條人龍尾巴後，一邊伸手在褲袋裡掏飯票和菜票，一邊就研究起牆上新糊上的菜單。那菜單是紅紙墨字，好不耀眼。看來炊事人員為了迎新送舊，特地推出幾樣好菜，像獅子頭和糖醋排骨，還有南京人一向自傲的鹽水鴨子。他念過一遍菜單，已經胃口大開，再瞧瞧身邊那些捧了飯碗狼吞虎嚥的同事，頓感到飢腸轆轆。自從回到中國，一年以來，飯量激增，翻了兩番都不止，而且也不鬧腸胃病。不像以前在美國，老是懷疑患了胃潰瘍。他想：人的肚皮究竟適應得最快。

革命軍人個個要牢記，
三大紀律八項注意：
第一、一切行動聽指揮……

農場的廣播開始了。向東用不著看錶便知道是五點半。每天一早，高音喇叭就響了，〈東方紅〉把大家催起床；午飯和工間休息也是用革命歌曲來調度；然後〈東方紅〉再把大家送上床。生活秩序便這麼周而復始，固定不變，連手錶都顯得多餘。記得剛到南京時，他很不習慣這種高音喇叭，覺得它侵犯了個人自由，打擾人的思索，有迫人就範之嫌，還向領導同志提意見，以促使改進。但很快地，他便發現這是日常生活的一部份，只好勉強自己接受下來，如今倒也能處之泰然。前一陣子忙著插秧，農活特別累，他竟能在廣播停頓之前鼾然入睡。

「快！快！鹽水鴨沒有了！青菜三分錢！」

終於挨近窗口了，他聽見賣菜的同志提高嗓門在喊。從小窗口向裡面張望了一眼，果然好菜全光了。他只好要了兩碟肉片萵苣，打了四兩飯，然後捧著飯碗四處張望著，想找個較空曠的窗口好站著吃。

「小柳！」

聽到有人喊，他轉身瞧了一陣，才發現同宿舍的老何正舉著筷子招呼他過去。老何同向東系裡的三四個同事佔據了一張飯桌，正吃得高興。等向東挨過來，大家擠一擠，讓出了一角板凳給他。

「你來得晚，鴨子賣光啦！」老何不勝惋惜地對向東說。

「沒關係！」向東無所謂地聳下肩說。他這個臺灣草地人，還不會領略鹽水鴨的好處，總覺得老家的白斬鴨味道比這個還鮮美些。看見飯桌上左一堆骨頭，右也一堆骨頭，想來同事們都吃過鴨子了。

「小柳回去就上課吧？」他對面的一個同事問過他後，就「叭」的一聲，從嘴裡吐出一根鴨骨頭來，還用飯匙把搪瓷碗刮得叮噹作響，表示珍惜糧食，絕不浪費。

「輔導大一的數學課。」老何替他回答，帶著羨慕的口氣。

向東「嗯」了一聲，裝作埋首吃飯，沒有再搭腔。目前這種輪換勞動制，不但打亂了教學計劃，還使很多教師勞動回去後變相失業，當然就羨慕別人有課上了。向東自己又何嘗不急於要上課呢？可是大學剛招生不久，只有一年級學生，而向東的專業須等到大三畢業班時，才考慮要不要講授。他本來可以清閒兩年的，然而他積極要求上教學第一線，領導便派給他輔導數學的任務，講好勞動回去後便開始。所謂輔導，其實就是做任課教師的助手，在課堂裡及宿舍裡給學生補習。向東的熱忱和獻身社會主義祖國的決心使他忽視別人笑他大材小用，反而帶了很多參考書到農場來，準備好好地研究一番。很湊巧，一齊來勞動的便有一位年輕教師，剛輔導過數學下來。向東一曉得這人，立刻去向他請教。誰知這個同事看到他的一堆書，嚇了一跳，隨之又啞口失笑。以後他找了個機會，悄悄地告訴向東：目前大一學生的數學是從小數點加法開始，到大學畢業時也上不了微積分，其他就別提了。

「你只要使學生懂得零點一加零點一等於零點二，二分之一加二分之一不等於四分之一就行了。」

經他這一指點，向東好比劈頭澆了一盆冷水，一直涼到了心底。他把書仔細地捆起來，壓在睡覺的稻草鋪下，再也不提輔導學生數學的事。他知道自己並不是對學生失望——他們被派來上大學、唸數學，本身毫無過錯可言——但究竟對什麼灰心失望呢？他自己也說不上來。

「同志們請注意！」

農場廣播員突然中斷了革命歌曲的播送，向大家報告說：「今天晚上七點整，請同志們到飯廳集合開會，總結三個月勞動的成績，同時歡迎新的一批教職員再來走毛主席指引的五七道路；農場黨委作報告；各學習小組代表向大家報告勞動的體會和心得；會後分組討論，請大家準時參加。」

這個開會的安排早已人人知曉，因此沒有引起什麼騷動。

「最後一晚了，希望會別開得太晚才好。」老何說完，捧起空飯碗先走了。

「我的心得體會和上回一模一樣，兩分鐘可以說完，」小柳旁邊的一個同事說，神態頗爲輕鬆。他已吃完了飯，白瓷碗刮得精光發亮。突然，他饒有興趣地轉過臉對向東說：「你是第一次走五七道路，體會一定很深刻，今晚可以演講一番了！」

向東聽了「演講」兩字，臉微微發熱，趕緊說：「我留著回南京講。今晚我值夜，組長免去了我開會的任務。」

「你其實應該來開會，」另一個同事壓低了聲音，頗爲體己似地對他說。「明天就回南京了，你今晚值的班，也撈不到補休，未免不上算。」

「不要緊，我一夜不睡也無所謂。」

因爲每個人都精打細算，向東才要到了這守更的任務。他是有意要避去這一場會。三個月前，他就經歷過這種會了。當時，他聽著上一批的教員慷慨激昂地敘述他們到蘇北來接受貧下中農的再教育，人生觀如何轉變，思想如何脫胎換骨；個別教師還聲淚俱下，叫他感動得差些陪著掉眼淚。一眨眼，三個月過去了。如今，他卻害怕這個會。他知道，屆時他無法像別人一樣慷慨陳詞，唱作俱佳地合夥演出一齣好戲。

然而同事說他會演講，其實也無諷刺之意。他知道自己是會講。前幾年在美國參加保釣運動，他和幾個志同道合的朋友便是從加州柏克萊一路講到芝加哥的。講臺、汽車頂，哪裡不是一站便滔滔說上幾小時？那時，支持著他的不單單是一腔愛國熱血，還有美好的理想。爲了這個理想，他熬夜攻讀列寧和毛澤東的著作，作了多少筆記；爲防聯邦調查局，躺下來時，頭也要枕著文件才敢闔眼。回想起來，那一段日子眞是火辣辣的。

相比之下，回國以來的生活實在太平靜了。除了這三個月親臨其境的農田勞動外，其他全是在批判林彪和政治學習。花了半年的時間學習薄薄一本《國家與革命》，逐字逐句地推敲，就差沒有整本背誦了。剛開始時，他非常熱烈地參加討論。特別是當他發現很多教師無法想像「打破國家機器」的必要性和未來共產主義的境界時，他忍不住引經據典地推論這個遠景的可能性和必然性，越講自己越發陶醉在未來的大同世界裡。有一次，他竟不知講了多久，等到他停下來時，發現一個同事已睡著了；而學習組長正張大了嘴打哈欠，碰到向東的眼光不得不強拉扯出一朵笑容來。這也許就種下了他「演說家」的名聲。

但令他難受的倒不是這個外號，而是他逐漸了解到的事實。原來這些高級知識份子純粹是爲了討論，嘴上說的和心裡想的並非一碼事——甚至是藉疑問來發洩自己的胸懷，而這是最令他痛心的。他不禁疑惑起來：在這號稱世界革命的中心，究竟有多少人信仰馬列主義和毛澤東思想？和許多問題一樣，這也得不到答案。所以，就在他演說家的名聲越傳越響時，他反而逐日沉默下來。

「慢吃，慢吃。」

一個個同事離桌而去，很快的，只剩下小柳一個人了。此時，飯廳裡只有寥寥無幾的顧客，冷清清的，倒是擴音器裡革命歌曲獨自唱得震天價響。小柳正慢條斯理地往嘴裡送飯，忽然對面板凳上又坐下一個人來。他一看，認得是農場雇請的編籮筐的青年農民。這人向小柳咧了下嘴後，便用鋁製的飯盒把眼前的骨頭推向桌中間，清出一塊地盤來安置他的飯盒和一碟青菜。小柳看他飯盒裡盛了三個大饅頭，加上那碟青菜，此外便別無他物了。他再瞧一眼桌上狼藉的骨頭，頓感慚愧，竟沒有勇氣正視對方抓起饅頭大口撕咬的樣子。

「明天回南京去？」這年輕人吞下一口饅頭後才抬起頭同小柳搭訕。

「是，」小柳回答，「你也快回淮安了吧？」

對方用筷子扒了兩大口青菜下肚後，方說：「作不準。你們農場的籮筐完工後，如果附近公社裡沒有活幹，這就回去。」

說完，他用手抓起第二個饅頭往嘴裡送。他大口嚼著，腮幫鼓得一高一低的，圓圓大大的褐色臉孔上，粗黑的眉毛低垂著，兩隻眼睛全神貫注在鼻子跟前的饅頭上。

小柳以前曾同他聊過幾句，知道他名叫衛東——同自己一樣，是在文化革命中改的名字——蘇北的貧農家庭出身的。這農民二十歲出頭模樣，一向寡言，不太愛理人。農場的會計常常在背後罵他怠工。原來農場同他的公社訂的是計時合同，而非計件。他本人不論做多做少，總是拿固定不變的工資，他因而常泡磨菇，一隻籮筐往往要兩三天才完得了工。有一回，會計——他還是個老黨員呢——忍無可忍，找他交涉，要改為按件計酬，卻被他一口拒絕了。

「包工制？那是劉少奇的修正主義路線，文化大革命不就是要除掉修正主義根子嗎？毛主席教導我們：要相信群眾，永遠依靠貧下中農……」他說得頭頭是道，使得會計面紅耳赤，當場下不了臺。這事向東雖是耳聞，也不由得不對他另眼相看了。

這樣年輕力壯的小伙子，說話有水平，神色卻不開朗，向東總覺得哪裡不對勁。

「你出來也很久了，想家吧？」向東一邊刮著飯碗，一邊關切地問他。

對方哼了一聲，粗黑的眉毛揚了一下，圓圓大大的面孔便毫無表情了。直等到嘴裡的東西全嚥下後，他才冷冷地說：「回去也是勞動——地裡的勞動。」

向東聽了，無言地點點頭。他把刮齊的飯粒一口送進嘴裡，然後站起身來。右腿正要邁出板凳時，突然聽到對方一聲乾笑。

「你們這種勞動！嘿！」

向東怔住了，臉微微熱烘起來。但對方像是自言自語，聲調低低的，眼睛盯著剩下的一個饅頭，一邊嘴角翹起，滿臉不屑的神情。向東發呆了一會，只好端起飯碗，推開了板凳，默默地走開。

蘇北五月的夜晚是涼爽而柔和的，一角月牙斜掛在天邊，疏星點點，映著稀疏坐落的農家燈火，顯著天空格外的高大深遠，平原寬廣得漫無邊際。向東倒剪著手，一個人沿著公路散步回來。路兩邊的水溝，細水涓涓地流進稻田裡。這聲響，在空曠無邊的靜寂中，顯得又突出又熟悉。這夜色處處激起他對家鄉的回憶。老家花蓮港的夜晚，該是蟲聲四起，海風呼嘯的時候了。那裡山影朦朧，而月牙似乎伸手可即，不像這平原漫漫，寬廣而無所不包，讓他感到自身渺小得無能為力。眞的，這無能爲力的感覺，不知起自何時，但的的確確與日俱增了。

他不免驚異，投奔祖國方一年，心境變化竟如此之大，豈不未老先衰了？曾幾何時，他還跟知心朋友，有志之士，對著大鐵蕩山的冰峰，醉吟〈沁園春〉，引吭高歌「數風流人物，還看今朝！」如今這股豪氣何處去了？當年，爲了捍衛神聖領土釣魚臺，拋棄博士學位的論文，生命也在所不惜，而今釣魚臺下落又如何？有一次，他向大學裡的一個同事問起釣魚臺的下落，對方搔了一陣頭髮才說：「釣魚臺？在北京西郊吧？聽說是專門招待高幹和外賓的賓館。」這以後，他也就不再提起了。

近來，他開始懷疑自己是犯了左傾幼稚病，不夠冷靜，以致灰心失望起來。七三年剛回國時，他還是幹勁沖天的。記得初到北京那兩個禮拜，雖然忙著參觀遊覽，他卻很快發現國內對臺灣的情況一無所知。中級幹部講到臺灣時，引用的全是老黃曆的資料；不是說臺灣同胞靠賣兒女度日，便是預料「祖國」一聲「解放」，百姓便簞食壺漿來迎王師。驚愕之餘，他立刻熬夜趕寫了萬言的備忘錄，在離京前夕交給了國務院。他還訪問了「臺灣自治同盟」，發現他們與自己的所聞、見解至少相差了一代，不但弄不清臺灣普通工人的平均收入，連「自治同盟」的意義也茫然不知。當時他簡直是氣憤了，茶水都不願沾脣，就拂袖而去。如今回想，滿心都是歉意。

那備忘錄一直如石沉大海。然而，七三年的國慶文件中倒是對臺灣同胞加上了「骨肉」的字眼，措詞也較堅定親切。雖然只是文字上的添飾，已使向東感到很大的安慰了。不久，他聽到大家在傳說：這添加的字眼乃是因爲周恩來聽到某位回來觀光的臺籍人士的建議之故

——這位人士以前還是激烈的臺灣獨立運動份子呢。這個傳聞也不知眞假，但發人深思。向東不時問自己：海外的留學生，到底怎樣才能最好地爲祖國效勞？

想到這裡，他長嘆了口氣。望望天際一顆孤零零的星，星兒只默默地凝視著他。於是，他又繼續走，一回兒就到了農場宿舍區。多數房間都熄了燈，周圍靜悄悄的。他看了看錶，將近十點半，該是上夜班的時候了，便快步向值班室走去。夜風不知何時也加快了腳步，一陣陣過去，增添了不少涼意。

值夜室就在宿舍區東頭，比鄰農具堆放間，此刻玻璃窗關閉了，只透出昏黃的燈光來。小柳推門進去，見老傅正在燈光下剪一隻空鐵罐頭，桌上放著尙未完工的煤油爐、尖錐、圓槌等等。

「咳，小柳。」老傅從老花眼鏡下斜睨了向東一眼，嘴裡招呼著，繼續揮動手中的大鐵剪。

招呼過老傅後，向東在桌對面坐下來。他這是第二次同老傅一道值夜，老傅仍然在敲打煤油爐。老傅做煤油爐已是全校出名了，從文化大革命中期到現在，據說已經做了一打以上，全是無價奉送給有急需的人，爲此人緣特別好。

「小柳，今晚請你嚐嚐我的雞蛋掛麵，算是歡送你走五七道路，功德圓滿回南京去。」

說完，老傅已把空鐵罐剪開了，便開始用槌子把鐵皮槌平。

「上次是你請，今天該輪到我了。」向東說著，立即打開了書桌的一只抽屜，瞧了瞧事先擺在裡面的麵條和雞蛋，還有一本列寧的著作。

「行，行，」老傅無不可地答應著。「由我來煮就是，有現成的作料。」

到底是他想得周到，向東心裡不禁慚愧起來，自己竟忘了作料。他把書拿出來，關上了抽屜。老傅現在開始在鐵皮上鑽洞了。看他聚精會神地敲打著，向東的眼睛也不由己地跟著他的錐子移動；一錐下去一個洞，大小劃一，非常乾淨俐落。

老傅這手藝，說來也有一段故事，向東這次來農場勞動才聽到。他以前是中央大學的高材生，解放後不久就在本校任教，很快升爲高級講師，文化革命前夕已經成爲副教授的候選人之一。不幸，在文革後期清理階級隊伍剛開始時，有人匿名檢舉他，說他念中大時有參加三民主義青年團的嫌疑及隱瞞年紀的可能。領導上本著寧可信其有，不可信其無的一貫政策，成立了專案組展開調查。兩年過去了，始終找不到證據。專案組的四、五個同志，輪流到他河南的老家查了幾次，又到外省去訊問他同期畢業的幾個校友，全不得要領。但因爲也找不到他絕對不曾參加過三青團的證據，便不敢貿然解放他，就只有把他無限期地「掛」了起來。當然，吃苦頭的是當事人。清理階級隊伍時被關了半年多，以後是監督勞動，接著隨全校教師到蘇北開辦農場。而一打三反、批林等運動接踵而來，學校無暇顧及他，就不了了之，在政治上簡直忘了這個人的存在。倒是他本人還挺樂觀，心平氣和的，從不曾尋過短見。他河南老家的妻子就不同了，看到三番兩次來調查他，丈夫杳無音信，不知犯了何事，急得跳河自殺，幸而被人及時救起。事後，家裡人寫信告訴他，他也沒有怎樣震動。如果不是那邊的領導寫信通知這邊的領導，說他老婆有畏罪自殺之嫌，學校裡還沒有人知道呢。而就在他被關的那一段時期，他對於敲打爐子發生了濃厚的興趣，動手改裝了自己的一隻煤油爐。就是勞改那一陣子，他也是千方百計地要來空罐頭，一有閒空就敲打起來。而一敲打起鐵皮來，他便全神貫注，身旁的事物都視若無睹了。

「喂，老傅，我聽到你們組的同事在閒聊，好像領導正在考慮，今年秋天要安排你上課。」

自從知道老傅的身世後，向東心裡頗同情他，因此很樂意把聽到的閒話轉告給他。誰知道老傅不感興趣地哼了一聲「是嗎」，兩隻眼仍不離兩隻手，而兩隻手只顧著釘洞。向東瞧他佝僂著背，頭俯向桌面，頭上早生的白髮在燈光逼近照射下，顯得特別耀眼。

突然，向東忍不住了，很惋惜地說：「你是多年的老講師了，不上課，卻在農場種菜，敲煤油爐，這不是浪費人力嗎？」

「我自己倒是滿喜歡在農場過日子，」老傅說。這次，他例外地停了手中的操作，抬起了頭，把眼鏡摘去，似笑非笑地瞧著向東。「至於浪費，那浪費的事兒何只一樁兩樁？」

眞的，向東完全同意，何只一樁兩樁！毛澤東說「人是世間萬物最寶貴的」，那麼人力的浪費不就是最大的罪過了？

「我看農場應該關掉！」向東坦率地說。「以後學生多了，教師怎麼抽調得出來？何況還賠錢！哪個社會主義國家……就是阿爾巴尼亞，也不曾這樣，每個大學辦一個大農場，勞民傷財！」

「中國共產黨一向是幹前人所未幹過的事。」老傅一本正經地說著，就微笑起來了。「講到賠錢，那是更不在話下了。過去這三年來，哪一年不是賠上三萬元以上的？這還只是種籽、肥料、農具上的投資而言，教職員工的工資，一點都不算在內。你想，我們平均維持一百個人在農場，而一年打下來的糧食只夠這些人半年的口糧，哪能不賠？還不說被人偷去的。」

聽到這最後一句，向東的眉頭整個皺了起來。還記得剛來農場時，組長們在百忙之中先開會決定值夜守更的人員安排。他當時就已經詫異了：毛主席叫我們來向貧下中農學習，我們既生活在貧下中農的包圍之中，還守更巡邏什麼呢？但是他們天天值夜，而且專門派強勞動力的教師來巡更，弄得大田裡缺乏勞動力，農活向來幹不完。即使這樣，還常常被竊，連小柳都感到氣餒了。想到此，耳邊似乎又響起了晚飯時那青年農民的乾笑聲。

「知識份子要常常勞動，」向東承認，「但是大學實在用不著拖一個大農場。」

「毛主席說：五七道路要走一輩子。」老傅不疾不徐地引證了一句毛主席的語錄後，又拿起錐子來釘洞。「老人家幾十年的革命經驗是：只有勞動才能改造思想。」

勞動，勞動，向東默默唸著這個詞語，突然覺得索然無味。他長嘆了一口氣，站起來，倒剪了手，一個人在值夜室裡來回踱方步。嘟！嘟！老傅一錐一錐地敲打在鐵皮上，枯燥而單調。向東竭力不去看他，也不聽那空洞的聲響。他把頭朝上看，數著頭上架著的橫樑：一根、兩根、三根、一根、兩根、三根……。

「我們要不要去走一轉？」

不知何時，老傅已停止了敲打，又摘了眼鏡，用手在揉擦眼角。

小柳抽出手來，看了一下錶，可不，已十二點了。「好。」說著，他到桌上拿了手電筒。老傅戴上了一頂藍色帽子，披了一件破舊的棉襖，接著把牆角的煤球爐子的火門拉開來燒水，然後才拿了另一支電筒，同小柳推開門，走出值夜室。

「嗄，變天了，竟颳起風來啦！」

沒想到蘇北的天氣竟也變化迅速，曾幾何時，天已是黑沉沉一片，那月牙兒早被埋得無影無蹤了。風呼呼作響，涼兮兮的，小柳禁不住打個哆嗦。

他們先從右邊的兩排宿舍走過，然後沿著稻田走，巡視了畜棚、打穀場、倉庫，兜了一圈，轉到廣播室、辦公室、伙房和食堂，又回到值夜室來。

「平安無事。」

老傅輕鬆地宣佈了一聲後，便把棉襖、帽子脫了下來，掛在牆上，立刻動手燒起掛麵。長年獨居慣了，他對烹調有一手，做起來輕鬆愉快。小柳把麵條和雞蛋交給他後，剩下來就是乾眼瞧他忙去了。

「你們這三個月還算運氣，也不過丟了些魚肉饅頭等。」老傅一邊煮麵，一邊同小柳聊天。「前年秋天，有一次夜裡，我們被偷去了七麻袋稻子，每袋有一兩百斤重。那是最嚴重的一次。第二天早上發現倉庫門虛掩著，地上有車輪痕跡，其他就沒什麼了。」

「你是說」——向東有些難以置信——「有人弄了車子，而且不只一個人，來偷稻子？查出來是誰呢？」

「查出來？」這次是老傅難以置信地瞟了小柳一眼。「案報到縣裡保衛科，他們派了人來察看了一番，農場黨委和保管主任還陪了半天。後來一直沒下文，以後再也不曾報過案。」

小柳悶聲不響了，又倒剪了手，在桌旁來回踱步。但老傅很快端來兩碗麵，並且，一疊聲地催他，小柳就同他坐下來吃。作料很普通，但經過老傅一調理，果然味道好。因爲老傅煮了麵，小柳就堅持洗碗和刷鍋的任務。等他把擦乾的碗筷送回桌上時，發現老傅又埋頭在修剪另一塊鐵皮了。看看他鬢邊半白的頭髮，小柳噓下了一聲嘆息。他在對面坐了下來，打開了列寧的選集。

但是，他無法專心閱讀，讀了兩頁書卻完全不知所云。老傅聚精會神的操作簡直令他嫉妒。

「你以前，」他忍不住問起對方來，「我是說，文化革命以前，空閒時做什麼消遣？」

老傅抬起頭，好奇地望望小柳，又瞧了一眼他手上的書，然後冷冷地說：「看書。」

「是嗎？」小柳抑制不住自己，也冷冷地哼了一句。

老傅盯了小柳一眼，又低下頭修剪起來。半晌他才開口，輕描淡寫地，好像在敘述別人的往事，一邊仍低頭幹活。

「我以前很愛書，」他說。「除了本行的書外，我尤其酷愛文史。家父也愛文史，去世時留下不少書。我自己愛買書，解放後出版的小說、散文、評論等，我很少錯過，所以，一共也收藏了八九百本書了。文革初起，破四舊，我燒毀了全部的舊版書。後來，新作家也一個個倒下來，我清理都來不及，乾脆借了一部拖板車來，自己把它們拉去破爛收購站，當廢紙賣了，每斤四分錢。從那以後，除了《毛選》，我沒買過書。」

向東聽著他講，不知不覺地張大了嘴，不曉得是驚訝，還是惋惜，一時啞口無言。但是，他腦海裡立即閃過一個新聞剪報裡常見到的鏡頭：毛澤東在書房裡接見外賓，書架上擺滿了書。

書，書。突地，他推開了手上的書，站起身來。嘟！嘟！老傅又敲起洞來，單調地，機械地，無止息地敲著。向東又反剪了雙手，在斗室來回踱步；他急躁得想狠狠地蹬幾腳，明知無濟於事，只好絕望地來回重踏著自己的腳印。

我爲什麼讀書？他忽然問自己。如果全國只剩下毛澤東一個人讀書、藏書，中國文化還有多少前途？文化革命把文化革到哪裡去了？

一連串的問題紛至沓來，弄得他頭腦發脹，心底卻異常地空虛。他索性走到窗口，把臉貼在窗玻璃上，冷卻一下發熱的臉頰。窗外漆黑一片，只偶爾一陣風聲呼嘯而過。

不知過了好久，他迷糊中聽見一聲狗叫。接著又是一聲。他猛地抬起頭來。燈光，老傅，煤油爐子，它們一下子把他拉回現實來。

「我聽到狗叫，」他告訴老傅，「要不要去看看？」

食堂裡養了條狗，也許那邊有什麼事，他突然警惕起來。

「狗叫？好吧。」老傅無不可地說，接著放下了手中的活計，站了起來。

向東立即跑到桌邊，抓起電筒。「我往右走，你往左走，我們在食堂碰頭吧。」

說著，他先推開門跑出來。眞正是夜黑風高，他亮了電筒，朝食堂小跑步過去。除了自己的腳步聲，周圍一片死寂，他懷疑自己是否過敏了，把風聲當成犬吠。手電筒照著食堂的大門，門鎖得好好的；又沿著窗子一路照亮過去，窗子也是關得嚴嚴的。

於是，他繞過食堂，轉到後面的廚房來。廚房門口的頂棚下，炊事員收養的一條狗對著電筒低低吼了兩聲，等認出向東來，立刻搖起尾巴了。向東揚起電筒照門窗，發現一扇窗子洞開著。就在這時，附近傳來一聲重物墜地的音響。他奔向窗口，向裡面張望。可不是，對面大灶上的窗子也是洞開的。他趕緊回身跑，轉到大灶這頭來。還沒跑到，便瞧見前頭有個人影正往菜園方向跑。眞有賊！他先是吃驚，接著憤怒起來，於是毫不思索地拔腳就追，一邊高舉著電筒，對準這人影不放。

這跑的人身材高大，腳底也有勁，向東咬著牙追趕，看看距離拉近了，但怎麼也追不上。他闖過菜地，追進了山芋田裡。山芋田盡頭有一條大排水溝。那人逼近溝邊時，突然滑了一跤，身子栽了下去，但他立刻又翻起身，在跳進水溝前，回顧了一眼，正好被電筒照了個正面：圓圓大大的臉孔，兩道濃眉。好熟悉的面孔呀！向東突地煞住了腳，手中的電筒險些掉下來。

他望著前方，茫茫漆黑一片。風聲又呼嘯起來了，還摻雜了自己粗重的呼吸。這時，他又聽到狗叫，一定是老傅帶著狗追來了。他開始往回走，小心地用電筒照亮著山芋田，挑攏溝處下腳。在菜地邊，他、老傅和狗碰上頭了。

「看到什麼沒有？」老傅問他。

向東搖搖頭。許是適才跑得太急，現在心跳竟變得又緩又沉。「好像有條黑影，追了一陣，便不見什麼了。」

他還該說些什麼，只是不想說話，也就放棄了。他只希望老傅別再盤問下去。

果然，後者只說：「來廚房的小偷，無非弄些吃的。走，去把炊事員叫起來，問他少些什麼。」

向東默默地跟他走回去。

查户口

我跟彭玉蓮並不熟。雖然是緊鄰——我臥房的窗戶便對著她家的窗戶和大門——但因爲工作單位不同，一向沒有什麼交談的機會。早晚上下班時，偶然撞見，她總是熱情地咧嘴一笑，露出一口雪白齊整的牙齒，水汪汪的眼睛滴溜溜送過來，叫人不由得跟著她的眼波打轉，忍不住也笑臉相迎。宿舍裡的老太太們背後叫她妖精，大概是嫌她這雙眼睛生得太迷人。

在我們女人眼中，彭玉蓮並非什麼美人。她個子生得很矮小，不過善於保養，注重穿著，身材總顯得很勻稱；胸部的曲線特別突出，這可就引人注目了。她的頭髮一向找鼓樓的一家大理髮店修剪吹風，一樣的短髮齊耳，但她的總是蓬鬆有致，顯得與眾不同，女孩子們都管那叫海派頭。皮膚黑黑的，鼻子微塌，一張大臉像圓盤，與她矮小的身材不相稱；然而一雙眼睛卻生得又大又亮，且富於表情，顧盼之間，似有種種風情，男人瞧著，不免魂不守舍，女人則又嫉又恨。

我第一次同她打交道，還是在搬進宿舍以後一個冬天的早上。那天，我倆恰巧同時推著自行車出門，車上都掛了菜籃。她向我道早，我回答了她的招呼後，就一塊兒跨上車，往菜場騎去。夜裡剛下過雪，天氣冷得很。我把自己裹得厚厚的，棉襖、棉褲、棉鞋外，還罩上毛大衣和風雪帽，渾身臃腫不堪，跨上自行車時頗費了一把勁。可是彭玉蓮卻只穿著一雙上海出品的紫紅呢鴨舌便鞋，一襲花綢面的絲棉襖裹在身上，還能露出腰身來，紫紅的毛線帽子，配了黑手套，映著滿地的白雪，越發豔麗得奪人眼目。

敢穿得這麼色彩鮮明，我心裡想，膽子不小呀！

瞧著鼻孔冒出的氣都凝成了霧，我說：「沒想到南京的冬天會這麼冷！」

「我從來不喜歡南京，」她直言不諱地說，「冬天冷得要死，夏天又熱得叫人不想活了。還是上海的氣候好，身體強的人冬天一件厚毛衣也挺得過。」

聽那誇張口氣，我猜想她是上海人。上海人總有那麼一份莫名其妙的優越感，直到今日，共產黨也無法把它改造掉。

「眞是促狹鬼！」她突然罵了起來，腳下狠狠地蹬著自行車的腳踏板。「選下雪的夜來查戶口！昨晚也查了妳家吧？」

「是。」

想起夜裡從溫暖的被窩裡爬出來，接受盤問，等重上床時，手腳被窩一片冰冷的情景，我忍不住打個寒噤。

「每次查戶口都有我家，眞他媽的！」

第一次聽到女人用三字經，我嚇了一跳，一時難爲情地低了頭，不敢瞧她。

要說查戶口，我也有一肚子牢騷。普查戶口時，家家都查，倒也無話可說；有時卻是抽查，一棟宿舍大樓往往只查幾家。大家都說：「有問題的人家是每次必查的。」我家便是每次必查。心裡儘管不服氣，我可是連大氣都不敢哼一聲。

「昨天不知爲什麼又抽查起戶口。」我搭訕地說。

「左不過吃飽飯沒事做罷了。」她說完後冷笑一聲。「聽我們鐘錶廠的人說，就爲尼克森馬上要來北京，各地都採取保安措施，大概這就保到我們這些人頭上來了。」

說到這裡，我們已騎到了菜市場。因爲人群雜沓，我們也無心說話，彼此就分手，各自排隊買菜去。

這以後，我特別注意到她還是因爲她丈夫冷子宣的緣故。他們夫婦給我一種不相稱的感覺。首先，兩人的年紀好像差了一大把，彭玉蓮雖然跨進了中年，但神情、打扮總像抓著青春的時光不放，不像她丈夫暮氣沉沉。冷子宣據說五十歲還不到，頭髮已半白了，兩穴光禿禿，前額寬得像平原，一臉的褶紋不亞於剛犁過的田畦。他尤其近視得厲害，雖然架了近視眼鏡，注視事物時，還得耷拉了頭，弄得弓背哈腰似的。同他太太相反，他臉上難得見到笑容，沉默寡言的，同我們這些鄰居都不打招呼。看他這一臉呆滯失神的表情，我總懷疑他有什麼解不開的結扣在心頭。有一個夏天的傍晚，我在窗口瞥見他背靠著自家的大門，呆呆瞧著天空，嘴巴半張著，整個人像塊化石一般。一直到他女兒出來喊他吃飯，一再地拽他的衣角，他才像夢中醒來似地，眼光落下地來。進門時，他還伸出手扯拉著眼鏡角，惶惑地瞪女兒一眼。

這簡直是個老頭子嘛！我當時忍不住替彭玉蓮嘆口氣。

不過，我剛搬進宿舍的頭一年裡，卻也沒見過冷子宣幾回，原因是他長年在外面勞動。記得剛搬進宿舍那天，我的系黨委書記特地跑來向我介紹鄰居的政治面貌，也提到冷子宣，一再說他是老右派。以後，偶爾也聽到同事們喊他「老運動員」，因爲幾次政治運動都搞到他頭上。他不但在清理階級隊伍中被關了一年多，連最近的一打三反運動也出了紕漏。後一場禍更是闖得莫名其妙。不知是哪個教員在一張廢紙上寫了「中國共產黨」幾個字，這冷子宣卻在它們下面添了「的狗」兩個字。紙團偏被人從廢紙簍撿了出來交上去，於是新帳加舊帳，翻了一番，免不了總是勞動改造。這樣，一個副教授便成了五七幹校的「勞動常委」，經年不著家門了。

我眞正對彭玉蓮感興趣還是一九七二年夏天的事。有一個晚上，系裡的周敏來找我，要我去居民委員會開會。周敏不但與我同事，也與我住同一棟宿舍。我喜歡她性情溫厚，彼此常有往來。

「又開什麼會呀，小周？」我問她。「還搞計劃生育，我可不去啦，已經開了多少次會，塡了幾回表了！」

「不是，不是，」周敏說著，吃吃笑起來。「這回是潘金蓮的事。」

「潘金蓮？」

「就是妳的貴鄰彭玉蓮呀！」

她指指我的臥房窗戶，接著連連催我：「走吧，到居委會妳就知道了。」

居委會就設在另一棟樓的常木匠家。常太太不做事，一直就當主任委員，每次婦女一開會，就把常木匠掏出去。這一晚，我們到達時，屋裡已坐滿婦女。我放眼一瞧，冷家的左鄰右舍全到齊了，居民委員全出席，連老態龍鍾的郭奶奶、施奶奶也來了，正七嘴八舌，說得好不熱鬧。我和周敏找了個床角坐下來。細聽了一陣，我才明白，是商量著怎麼監視彭玉蓮，大家懷疑她有外遇了。

「這……到底有證據沒有？」我側過頭，問旁邊的周敏。

「證據？」

坐在我前面的施奶奶想是聽見了，轉過頭來，頗爲詫異地衝著我說開了：「有的是證據！都被人瞧見幾回了。有一回還是我親眼見的呢！一大早一個男的從她家後門溜出來……呸，什麼好東西！還有一次是三更半夜，有人瞧見有個黑影推門進去，鬼鬼祟祟的，能有正經事嗎？眞夠不要臉了，也不想想女兒都十歲了！」

怪不得施奶奶罵人，這老太太年輕就守寡了，一手撫養大兩個兒子，一個參軍，一個入了黨，她在我們宿舍裡也算得上個德高望重的人物，眼睛裡自然看不得一點邪。

「是不要臉！」七十高齡的郭奶奶也罵開了，「男人在下面勞動，她這裡放膽偷漢子！怎麼能帶好自己的女兒？我每瞧見她那妖怪打扮就作嘔！」

「可不，」周敏也加進來批評，「這奇裝異服被群眾批判幾次了，眞是屢教不改！」

「不但不改，還囂張得很呢！」施奶奶興致勃勃地接下去說。「記得去年夏天吧？她穿一件粉紅的綢襯衫，衫子既薄又透明，她又把個奶子綳得高高的，走起路來一搖一顚的，在大院子裡招搖過市。閻奶奶說了她兩句，反而被她搶白了一頓，說什麼：『妳想要大奶子叫男人多咬幾口就得了！』妳聽！當場把個閻奶奶臊得滿臉通紅，幾乎哭著回去！」

「常主任不是也去批評過她的服裝嗎？」彭玉蓮右邊的鄰居乘機出來揭發了，「她當面不敢頂撞，等主任後腳一跨出去，她就在屋裡嚷起來了：男人還沒有死，先要我作寡婦打扮呀！」

常主任一聽，氣呼呼地說：「再不整整她，我們宿舍的風氣都要敗壞乾淨了！年輕姑娘要是跟她學，不就糟了？」

說完，主任拍拍手掌，集中了大家的注意力後，會就開始。

「文老師，」——沒想到主任第一個找到我頭上來——「妳住她對門，看到什麼破綻沒有？」

「破綻？沒有注意……」

因爲出乎意料，又當著大庭廣眾，我竟口齒不靈起來。

「今天請妳來，就是一起商量怎麼捉她一回，」主任說。「妳的窗口正好對著她的大門和窗口，裡面有什麼動靜，聽得見，又看得清楚，前門這一關就靠妳了。」

我不敢答應，推辭又不是，正在左右爲難，周敏用指頭戳戳我的背，我只好硬著頭皮承應下來。

「好了！」主任提高了聲音，滿意地環視著大家。「前面這一關解決了，後面就由施奶奶等幾家把守。現在接下去商量具體的步驟吧。」

「我說呀，」郭奶奶雖然年紀一大把，但開會總是踴躍發言，「一發現有男人進去，我們得到院裡保衛科找人來抄她家，當場捉她一回，開個批鬥大會狠狠鬥她才好！」

大家都異口同聲地贊成。突然周敏說：「她要是硬不開門呢？」

「對呀，」主任也躊躇了，「得找個藉口進去才行。」

「查戶口！」不知是誰先叫了出來。

「好呀！」好幾個人拍手附和。

「說查戶口，哪個敢不開門？」

於是定下了步驟，誰家發現有男人進去彭玉蓮家，得立刻報告居民委員會。居委會接著佈置前後門的釘梢，然後打電話找學校裡的保衛科，糾集人來捉姦。

本來會到此也就完了，然而彭玉蓮是個熱門人物，一提起便放不下，個個似乎忘卻了一天的疲勞，唯恐漏了任何新聞，莫不拉長了脖子，歪著腦袋聽。我本來對彭玉蓮的事就不太清楚，現在突然被派了個釘梢的任務，自然想了解一下被釘的對象，也就從頭到尾，吞進了所有的閒話。

原來這還不是彭玉蓮第一次失足。

早在一九六三年四清運動時，冷子宣隨工作隊到射陽縣三同——與公社社員同吃、同住、同勞動——他系裡的黨支部書記馬遂便藉口關懷教工家屬，來接近彭玉蓮，不時問寒問暖地獻起殷勤。這馬遂生得小白臉一張，兩片嘴又會說，彭玉蓮禁不住引誘，便被他搞上了手。

那時，鄰居全都看在眼裡，但馬遂是黨支書呀，誰敢哼一聲？起先還是乘空來幽會，廝纏一回兒也就走。後來便明目張膽了，有時馬遂的老婆出差，他乾脆夜夜宿在冷家。這事不但我們宿舍裡的人都知道，連他老婆也風聞了，卻裝聾作啞。大家雖氣憤，到底不忍心透露給冷子宣。

這馬遂在彭玉蓮之後，又搞上了學校裡一個鍋爐工的老婆。事情作得不密，叫人家丈夫發現，鬧了開來，不得已寫了檢討，校黨委書記親自施加壓力，才勉強把醜事遮蓋下去。正好，「文化大革命」起來了，那鍋爐工起來造反，他老婆親自上臺揭發，造反派就勒令馬遂坦白交代。等坦白書一交出來，群眾都譁然了。原來連彭玉蓮在內，馬遂前後勾引了五個本校的女教工，手段、情節都惡劣透頂。

那一陣子，批判馬遂的大字報滿天飛，從校門口一直貼到食堂裡，觀眾絡繹不絕。冷子宣直到那時候才知道老婆的醜事，據說才幾天功夫頭髮就白了一半，走路都蹣跚了，整個人老了十年似的。很長一段時間，他對誰都不講話，像個白癡。有些人還替他捏了一把汗，怕他尋短見。

「這醜事抖了出來，夫婦不吵死啦？」我問周敏。

周敏笑了。她說：「怪就怪在這裡。施奶奶住在她們家後門的斜對過，也十年多了，據說從不曾聽見他倆吵過嘴！」

「眞的？」我也感到納悶。「不過，既然鬧得滿城風雨，彭玉蓮也要寫檢討啦？」

「檢討？」施奶奶又回過頭來插嘴了，「快別提她的檢討啦！我們找她談了多少話，幾乎說破了嘴，好不容易才擠出她一張檢討書來。我是不識字，沒有看，她們看的人都不滿意。你猜怎麼著？不老實得很呢！硬給自己叫屈，說什麼跟馬遂來往是爲了找機會給冷子宣摘掉右派的帽子呀，發生關係是不得已的呀，又說什麼怕聲張開來對丈夫不利呀……她還夢想人家給她樹牌坊哪！」

正說著，常木匠推門進來。大家一看鐘，已經過了十點，趕緊收住話頭，都起身散了。

有一天，我下班後步行到幼稚園，接了小孩子回家。剛轉出小巷口，迎面碰見彭玉蓮騎車過來，車把上的尼龍網兜了一隻蘆花母雞。她見了我們，立刻煞住了車，跳了下來同我打招呼。

「今天怎麼沒騎車呀，文老師？」她笑瞇瞇地問。

「同事借走了。」我也含笑回答。

我瞧她滿面春風，一副心安理得的神氣，大眼睛黑得發亮，就是那黑皮膚，襯著雪白的牙齒，也帶著幾分俏。

這天，她穿了一件的確涼襯衫，外面罩了一件金黃色的細絨毛衣；一條藍布褲子穿在她身上，不像別人顯得肥大臃腫，而是輕巧俐落，尺寸恰到好處。這一身衣著顏色配得鮮亮，連穿法也與眾不同。在南京，毛衣一向穿在外套裡面，不敢露出來的——聽說只有上海的年輕女工才敢把毛衣穿在外面，也常沿路受到注目禮呢。這彭玉蓮敢這麼穿著，在高等學府的宿舍裡招搖過市，難怪被認為眼中釘。

孩子看見了雞，早張大了眼睛瞧著，這時突然指手畫腳地喊起來：「媽媽，雞！雞！」我正為無話可說而發窘，聽到孩子叫，就順口說：「哪兒弄到這麼一隻大母雞呀？」

「燕子磯的社員捎到我們廠的附近來賣的。」說著她又是咧嘴一笑。「三塊半一隻，貴是貴，雞可是好雞。我的原則是買得到就吃，存到肚子裡保險，不像人家把錢存在銀行裡。」

說完，她自得地笑起來。看見孩子目不轉睛地瞪著雞，她彎下腰來問他：「你叫晶晶吧？喜不喜歡吃雞？」

孩子立刻來拉我的衣角了。「媽媽，我要吃雞！」

我還來不及說話，彭玉蓮已經轉過臉來，很認真地問我：「妳要嗎？這就讓給妳，我常常買到雞的。」

「不要，不要。」我急忙推辭。

「要不，我下次替妳捎一隻好不好？」她說話那表情絲毫不像是客套。

這反而叫我急得發慌，怎好沾這名女人的光？又是搖頭，又是搖手，我一疊聲地說：「不要！不要！我……不喜歡吃雞。」

「是——嗎？」

遲疑地，她凝視了我一眼，笑容逐漸收斂，臉色頓時暗了下來。我只好避開了她的眼光，隱隱感到兩頰發熱。

「那就算了，」她說，語調聽得出來有些不自然。「再見吧，我先走了。」

看著她輕飄飄地飛馳而去，我如釋重負地吁了一口氣。

「小文！」

我回頭一看，周敏不知何時從後面走過來。

「什麼事跟潘金蓮攪在一起呀？」

我把路上相遇及讓雞的一節講給她聽。「這個人也還爽快俐落。」

周敏點點頭。突然，她低低地對我說：「妳不知道，她以前還是模範工人呢！」

「模範工人？」我有些不相信自己的耳朵。

「一點不假！」

周敏看我吃驚的樣子，不禁微笑起來。當下，她拉了孩子的手，三個人慢慢走向宿舍。

「彭玉蓮除了愛打扮，偷漢子，別的也沒什麼毛病。要講出身，父親是上海閔行的菜農，屬於響噹噹的紅五類份子。她很早就是共青團員，本來也快入黨了，就爲了同馬遂有關係，才被開除了團籍。」

「這處分也不輕了。」我說。

「這還是我們學校的造反派再三催促，南京鐘錶廠不得已才採取的行動呢。他們起先藉口說：既然是受誘成姦，責任在男方，不在女方。」

「這次這個男的可知道是誰嗎？」

周敏搖頭。「據施奶奶說，不是我們附近的人，多半是他們鐘錶廠的人。」

「如果捉到了，鐘錶廠可該沒話可說了！」

周敏揚了揚眉，微笑地說：「也很難說。南京鐘錶廠的紫金山錶現在供不應求，他們抓產量都還來不及，哪顧得上這個？何況男女關係的問題在工廠裡是司空見慣了，比不得政治問題可以無限加碼，左不過是生活腐化而已，頂多寫張檢討罷了。那馬遂的情節多惡劣！民憤多大！大家都要求從嚴處分。院裡只好報上省裡，請求降級減薪，結果被省裡駁了下來。」

「爲什麼駁了下來？」

我又一次難以相信自己的耳朵。

「省裡說，雖然影響很壞，但不屬於強姦，幾個教員、工人都是心甘情願嘛！還是屬於生活作風問題，那就加強加強教育吧。學校當然很爲難，不好向大家交代，後來幾經交涉，省裡才把馬遂調到另一個大學去。」

「眞是沒得……」我沉吟了一下，還是把「是非」兩字強嚥下喉去，只淡淡地說：「難怪彭玉蓮一犯再犯。」

說著彭玉蓮，忽然想起她丈夫的模樣，總覺得格格不入的。我說：「小周，妳不覺得彭玉蓮和冷子宣有些不配嗎？女的還生氣勃勃，男的已經老朽了似的。」

「冷子宣這幾年是老得快。」周敏也有同感，只是話裡帶著惋惜的語氣。「說來妳可能又不相信啦，從前可是彭玉蓮追求冷子宣的呢！」

「啊？」

我叫了起來。

「有這回事?」

周敏看我吃驚的樣子，得意地笑了，但馬上就鄭重其事地向我說：「妳不知道，反右以前的冷子宣同現在簡直判若兩人呢！他是五六年提升爲副教授的——我記得很清楚，我正好那年被分配到學校來教書。那時，老婆剛死了一年，冷子宣本來不打算再結婚的，偏無意中在一個同事家邂逅了彭玉蓮。女的一見就傾心了，主動找他到玄武湖划船。冷子宣很快就掉下水，一下子打得火熱的，三個月後就結婚了！」

「這麼快?」我聽得將信將疑的。

「咳！那時候的冷子宣自然神氣不同，瀟灑得很呢！妳想，三十歲出頭就當了副教授，胸脯挺得高高的，走路都有派頭——還有人專門學他走路的樣子呢！他是我們南京大學——那時候還叫金陵大學——的高材生，出了名的才子，賦詩塡詞，樣樣都出人頭地。就是太自命不凡，也太天眞了。在百花齊放，百家爭鳴那一陣子，他眞相信了號召，跑出來大放了一通，攻擊共產黨和政府的文教措施，結果是我們學校第一個戴上右派的帽子。」

「眞是……」我想說「典型的書呆子」，又不忍心，只好長長嘆了一口氣。

「有個時候，他們系裡也有意給他摘掉這頂帽子。偏偏這個時候，他們組長發現了他塡的一首〈沁園春〉，和毛主席一樣題目也叫〈雪〉，只是大反其調，滿紙肅殺之氣。人家認爲他這是成心唱對臺戲，惡毒諷刺毛澤東，自然罪該萬死了。這右派帽子不但摘不掉，只怕要戴進火葬場了！」

「妳看過這首詞沒有？」我好奇地問。

周敏搖搖頭。

「冷子宣骨頭也眞硬，檢討書寫了幾回，就是一口咬定寫實寫景，死不承認是諷刺。有人要求公佈全首詞，但系裡領導認爲不宜擴大影響，連檢討書在一起，一概不公開。就這樣，整個系熱烘烘地批討了一番，一般人卻不知道這棵毒草的內容！」

這時候，我們已經進了宿舍大門。也許顧慮耳目眾多，周敏不再說什麼，彼此道了再見也就分手回家。

有一天夜裡，我夢中恍惚聽到打門的聲音。醒來後側耳細聽，果然是有人在敲打冷家的門。我想，這彭玉蓮也睡得眞死，我都被敲醒了，她竟沒有動靜。接著便傳來一個男子不耐煩的喊聲：「開門！查戶口！」

又是查戶口！我一聽便厭煩起來，知道這下半夜是再也睡不成了。我一向有些神經衰弱，睡眠很差，夜裡如果醒來，就難再闔眼。我家既然是必查戶，我想，乾脆起來等他們吧，省得臨時慌張，把孩子也攪醒了。

於是我扭亮了燈，爬起來穿上了衣服，把戶口本找出來，然後坐在窗口的書桌前等候。這時，壁上的掛鐘朗朗敲打開來。十二點整，正是典型的查戶口時間。我拉開了一角窗簾，朝外張了一眼。外面一團漆黑，只有冷家的燈火是亮的，大門半張著，窗口有人影晃動，只是隔著窗簾，也看不清楚。我隨即放下了簾子，回身拿了一本書，在燈下隨意翻看。

果然，一杯茶不到的功夫，我家的門便有人來敲打。我從容不迫地走去，拉開了門，隨手就把戶口本子遞給第一個跨進門的人。

「哎呀，對不起啦，我們不是來查戶口的。」

第一個進來的竟是居民委員會的常主任，她說話時臉上難得地帶著幾分道歉的神色。

一聽不是來查戶口，我反而不安起來。再看看那陸續跨進門的，兩個男的是學校保衛科的，另一個女的有些面熟，大概是本校員工的家屬。

「是這樣，」還是常主任說話，「我們懷疑彭玉蓮不老實，晚上有人看見一個男的溜進她家，一直沒有出來過。剛剛我們藉查戶口撞門進去，只是沒搜到人。那彭玉蓮一臉通紅，硬是做賊心虛的樣子。只是她沒犯法，我們也不能翻箱倒櫃地抄查，只怕人被她藏起來了也說不定。現在特地來打聲招呼，請妳留意一下，看到什麼動靜，千萬告訴我們居委會一聲。」

我只好滿口答應下來。主任又囑咐了幾句後，四個人才離開。

我除非吃飽飯沒事幹才管這閒事！心裡恨恨地想著，我立即脫了衣服，熄了燈，又躺上床去。

果然不出所料，經過這一折騰，我睡意全消了，躺在床上，只是翻來覆去，就像是喝了多少濃茶似的，精神越來越好。該死的彭玉蓮！久久睡不成覺，我不禁暗罵起來。她闖了禍，卻弄得鄰居為她失眠！繼而一想，她幾乎當眾出了醜，也夠險的了，似乎又為她慶幸起來。只是這男人是誰呢？我就住在她家對面，竟從來不曾注意到有什麼面生的男人進出她家。我想，這大宿舍裡，密密麻麻的多少戶人家住著，人多自然嘴雜，說不定哪個好事的隨口亂說，結果人云亦云，弄出了一場無謂的騷擾。

胡思亂想了一陣，也不知是什麼時刻了，只見窗戶微微現出曙色，窗戶的輪廓也逐漸明朗起來。既然沒有絲毫的睡意，我決定爬起來燒茶喝，寫日記自娛。

穿好衣服後，我拉開了一角窗簾，隨意往外瞧瞧。誰知這一瞧，倒把我嚇得倒抽了一口冷氣。只見那冷家的門悄無聲息地向裡斜開出一道縫，一個人頭探了出來，左右張了一眼後，悄無聲息地閃出身子，垂著腦袋，帽沿拉得低低的，輕踏著步子，朝宿舍的後門方向走去。匆促之間，我沒看清他的臉，但無疑是個男子，怎麼也不會看差的。再看冷家的門，早已闔上了，屋裡沒有亮燈，窗簾也低垂。不，下面的一角被拉開了，一張臉突然貼上了玻璃。我們四目相對，彼此都慌得縮回頭，忙不迭地放下簾角。

好長一段時間，我呆呆地站在窗邊，兩隻腳棉軟軟的，兩隻手緊緊揣在一道，蓋住胸口，極力想把撲通亂跳的心鎮壓下來。如果我這輩子再見不到彭玉蓮，我也忘不了她那雙睜得滾圓的眼睛。是驚慌？羞愧？還是叛逆？我無法知曉。

一天不到的時間裡，彭玉蓮的事就傳遍了學校和宿舍。事情也眞湊巧，那天周敏一大早起身，就看見一個帽子戴得低低的男子慌張地走向宿舍後門，用鑰匙開了門出去。常主任早上來打聽消息，她就如實彙報了。周敏並沒有看見他從哪家出來，但大家一口咬定那就是彭玉蓮偷的漢子無疑。據說夜裡查戶口時，居委會主任曾看見桌上有一把鑰匙，估計是彭玉蓮把人藏在房裡唯一的一只大衣櫃裡，但慌亂中來不及藏鑰匙，因而丟在桌上的。常主任想通後，連連頓腳，大叫「可惜呀！可惜！」但後悔也無用，沒有拿到人證，自然奈何彭玉蓮不得。她照樣騎著自行車，在宿舍裡來去自由，就像沒事人一般。

這件事免不了也傳到蘇北的五七農場，估計冷子宣也略有耳聞了。在新年前幾天，農場放假。冷子宣要回南京的前夕，他的組長找他談話，把事情告訴了他，並說由於彭玉蓮是一犯再犯，如果冷子宣想離婚的話，學校願意考慮他的要求。誰知冷子宣竟毫無表情，只說：

「如果彭玉蓮要離婚，我隨時答應，我自己絕不提出。」

這話一傳出來，大家又議論紛紛了。有人嘖嘖稱奇，稱讚他「寬宏大量」；有人罵他是孬種，抱著「破鞋」不放；又有人幸災樂禍地預言，夫婦一見面，冷子宣不把她打個半死才怪！

然而冷子宣到家那天，彭玉蓮滿面春風地拎了一隻老母雞回家，拔雞毛時嘴裡還哼著曲子。鄰居們豎長了耳朵聽，可是到天亮也沒聽見一句吵嘴的聲音。接著，學校通知冷子宣開語文課，他就沒再去勞動。這一來，我便常常看見他了，有時候在校園裡踽踽獨行，有時候在宿舍裡憑窗對著天空出神，一呆就是半天。早晚上下班時，我也常碰見彭玉蓮。她仍是笑瞇瞇地向我招呼，只是再也不肯停下來同我搭訕。

任秀蘭

七一年的夏天，南京雨水多，草木格外茂盛。做爲「小學生管理組」的管理員，我每週的大事之一便是帶領孩子們整理管理組前面的草地。

我們這個管理組收容了三十多個小學生，由三個水利學院的女教員照料生活起居。小學生的父母全是本院的教職員工，因爲夫婦全在蘇北的農場走五七道路，家中又缺老人照料，就把孩子寄托在這裡。人數雖不算多，但住宿文娛等需要，也佔用了水利館大樓六、七間教室，正好一排朝南，於是，大樓前面的這一大片草地的整修，便劃歸我們管理組了。入夏以來，幾場大雨，草長得飛快。三個老師商量了，決定每逢週末由我帶領孩子們割草，整治花木。

八月初的一個星期六上午，我和孩子們照例在水利館前勞動。幾個五、六年級的男孩子陸續溜掉，跑到對面的清涼山玩去了；剩下些低年級的學生和女孩子倒是幹得挺歡的，有的用手拔，有的舞鐮刀，非常帶勁。看看日正當中，大家都汗流浹背了，而花木理得整齊，雜草也除盡了。正想收工時，忽然看見工宣隊的馬師傅三步併作兩步地匆匆趕過來，一路直朝我招手。他臉上汗水淋漓，卻顧不得抹一把。

看他這緊張模樣，我的一顆心立刻提得高高的，唯恐那幾個溜上山的孩子闖了什麼大禍。有一回，張小兵上樹掏鳥蛋，不幸跌下來受了傷，馬師傅也是如此慌張地跑來通知我。

「馬師傅。」我連忙迎過去。

「陳老師，我有事找你！」

簡短地說了一句後，馬師傅立刻掉頭朝小學生管理組的辦公室走去。

我只好喊孩子們去洗手準備吃飯，另外留下王超英姐妹倆善後，把曬得灰軟的草耙攏了運走。吩咐完，我提著一顆心，也急急朝辦公室奔來。

馬師傅正煩躁地在辦公室裡走來走去，一見我進來，他立刻把門關上。

「任秀蘭跑了！」

他劈口就說，一隻手使勁地搔他的後腦勺，焦灼萬分卻又無可奈何似的。

「任秀蘭？跑了？」

怪不得馬師傅緊張，連我也吃了一驚。這任秀蘭是我們水利學院的前黨委書記，在文化大革命初期，一度是炙手可熱的左派人物，目前卻是關在學習班裡最重要的一名對象——水院五一六反革命組織的頭號人物。她丈夫是南京軍區某部的政委，造反派起來時，曾出謀策劃，也紅極一時，不料政治運動一來，竟是第一批關進了軍區學習班。任秀蘭的罪狀之一便是串連軍區和院校，據說是南京部隊反革命份子伸向地方的一隻黑手。像她這樣的人跑掉，情況自然是很嚴重。

「跑了！」馬師傅說著，就像自己被騙一般，氣得把一張皺紋縱橫的老臉拉得長長的。「今天早上八點不到的事。這傢伙騙人說上廁所，就溜了！」

只是，怎麼跑得掉呢？我驚異之中又不勝納悶。每個學習班的對象都有五、六個人包圍著，白天、晚上在一起「學習」，夜裡有人同室睡，吃飯、如廁都有人跟隨。所有房間的窗戶都用木條打橫豎直地釘死。看守得這樣嚴密，脫身談何容易！何況，還是從廁所溜掉，我想任秀蘭眞有些神通了。

「廁所的窗戶不是釘死的嗎？」我問。

「哎呀，那木條不知什麼時候，給她弄鬆了兩根，卸了釘子啦！這些看守的，吃飽了飯不知幹什麼！他媽的！」

馬師傅終於罵了出來。

工宣隊的人用三字經，我們都聽慣了，不再覺得逆耳——尤其是出自馬師傅這麼一個和氣的老頭子。他本來是南京化纖廠的掃地工人，被派來水院和軍宣隊一同佔領上層建築。地位變得顯赫，人倒從來不擺架子，仍是態度謙虛，一團和氣的。開會時，他常哈下腰，拱拱手說：「我來向大家學習！」因此，他幾乎成了唯一受歡迎的工宣隊員了。可惜他沒有文化，毫不識字，平常只管一些生產建設的事。我們的小學生管理組便屬於他管轄。郁老師、夏老師和我常向他請示彙報，彼此處得也頗融洽。

「任秀蘭跑不到哪裡去的，」我安慰馬師傅，「到處都在捉五一六反革命份子，跑了也是無地容身。」

「難說！」他沒有把握的搖搖頭。「暗藏的五一六份子太多了！不過，她身上沒有帶錢包，鈔票、糧票全沒有，除非有人接應，要不，兔子尾巴長不了！」

一聽任秀蘭身上什麼票也沒有，我不禁暗暗替她擔心起來。

「清涼山搜過了？」我問。

「早搜了，就是沒得影子！我來找你就是這件事。你瞧，清涼山這麼大，樹多，草又密，躲個把人也不費事。剛才院裡開了會，要讓小學生幫幫忙，到山上搜去！」

我一聽，登時怔住了。要帶三十多個大小不等的孩子到山上去轉悠搜查，這責任可不輕呀！但是怎能拒絕上頭派下來的任務呢？

我只能說：「沒問題。」

馬師傅點點頭，臉上也有些歉意。

「本來不該來麻煩你們三個老師，家裡都有餵奶的娃娃嘛！但是院裡實在短人。全院二十幾個學習班，跑了個任秀蘭，抽也抽不得人，還要加強看守哪！事情又要保密，怕洩漏出去，五一六的同黨知道了，又鬧出什麼事來。」

說到此，馬師傅忍不住又連連搔他的腦袋。

「實在缺人缺得緊！」他說著嘆口氣。「能派上用場的人全派上了。大街小巷要搜查不說，火車站、輪船碼頭都得有人把守。院裡是總動員起來了，成立了專案組，軍宣隊親自抓。我想，我們管理組也要做出貢獻。孩子們沒事，讓他們搜去，樹上、草裡細細翻一遍，天黑以前許能找到一點什麼。」

於是馬師傅同我約好，等孩子們吃過中飯後，他再回來，會同大家一道上山去。

孩子們一聽說要上山搜人，個個興高采烈。男孩的頭頭張小兵立刻去尋來幾根棍子，分派給幾個大的男孩子。女孩子也不肯示弱，王超英和王超美姊妹倆跟著去食堂同炊事員磨菇了一陣，也弄到幾根木條。任秀蘭是水院裡出名的人物，孩子們在興奮中都透露出一份早熟的嚴肅神色，連一年級的小毛娃也感染了如臨大敵的氣氛，說話細聲細調起來。

等馬師傅一到，孩子們立刻一窩蜂地朝對過的山坡奔去，搶著往上衝。

「排成一條線！排成一條線！」

馬師傅扯直了喉嚨，沙啞著嗓音喊。

「像梳頭一樣，別錯過一個角落！發現什麼要馬上報告！」

於是馬師傅站東頭，我在西殿尾，勉強拉成一道歪歪扭扭的人堤，慢慢朝清涼山攏上去。

水利學院是傍著清涼山建築的，與南京火葬場佔了半個山坡。除了虎踞關一帶是軍區常期駐紮外，其餘便是無人管轄的地帶，不少居民常來割草做柴火燒，也有農民來割草餵牲口或積肥的，雖是無人管轄，卻並不荒涼。這天，我們浩浩蕩蕩地席捲而來，站崗的解放軍因爲事先早有情報了，並不詫異，倒是幾個割草的老人，看我們個個彎腰弓背，幾乎每一棵草都撥開來瞧，不免好奇地問：「找什麼呀？」

「丟了錢哪！」孩子們異口同聲地回答。

「丟錢？」

他們瞇細了眼睛打量馬師傅和我，顯然不相信，但也不再搭訕，不久就收拾了傢伙，悄悄下山去了。

王超英姊妹倆正好排在我身邊，兩人一面撥草，一面嘰嘰喳喳地說個不停。我偶爾聽進了幾句，是在講一個叫史紅的女孩子，似乎跟任秀蘭有關係。

「史紅是誰呀？」我問超英。

「史紅的媽媽就是任秀蘭。」她說。

我早先就曾聽過，任秀蘭的最小女兒是個中學生，當過造反派的頭頭，走南闖北，鋒頭很健的。

「你們認識史紅嗎？」我有些好奇。

「我大姊跟她是同班同學哩！」超美搶著回答，言下有些得意洋洋。「以前她都是坐小吉普車來上學的，好神氣！現在只好走路了，灰溜溜的，跟誰都不講話。」

「我姊姊的老師說，大家都要看牢她，怕她要自殺呢！」超英告訴我。

自殺！看到小學五年級的女學生談自殺而面不改色，我滿肚子不舒服。

「自殺什麼！」我說，「她父母就算是五一六，也跟她沒關係，劃清界線就是啦！」

「人家要她揭發她爸爸媽媽，她硬說他們不是五一六份子，死不交代，我姊姊他們都給她貼大字報呢。」

到底是將門虎女，我心想，骨頭就是硬。

超英忽然停了撥草，很認眞地盯著我問：「陳老師，任秀蘭是五一六吧？」

「嗯，」——這問題連我自己都感到懷疑——「是吧……工宣隊或軍宣隊在大會上點的名，不會錯吧？」

給孩子這麼一個不肯定的答覆，我自己都感到慚愧。

說起五一六這段案子，當時我就糊塗。六七年我在北京時，聽見人說有個高幹支持的「五一六造反兵團」在天安門廣場貼了條「砲打周總理」的標語，很快便被蓋掉了。不久，江青點出幾個反革命組織，裡頭有五一六這個兵團，以後便銷聲匿跡，早被人們淡忘了。想不到事隔了幾年，全國掀起個一打三反的運動，這一打就是揪五一六份子。這次是自上而下地通知下來，大家才知道五一六是個極左組織，陰險毒辣，膽大包天，公然反對毛澤東的司令部，在上海砲轟過張春橋，在南京則指向軍區司令許世友等等。許世友爲了表示「誓死捍衛毛澤東思想」，立即大張旗鼓，從軍內到大專院校，一氣追剿下來。

南京的人本來對五一六極陌生，運動起來後才大夢初醒，聽到有這麼一個恐怖組織存在過，而且竟然還是文化革命期間此地一切凶殺、武鬥、搶劫、破壞的總後臺。南京又據說是五一六的老巢，黑線貫穿軍內外，爪牙遍佈全國。解放軍的長城，豈可被挖牆角，自然要徹底清剿了。

號令一下，南京軍區、大專院校和工廠都紛紛圈起人來，一時風聲鶴唳，人人自危了。我們水院的五一六份子——據軍宣隊的負責人在大會上宣佈——是三位數字，即是說，至少一百人，也可能九百九十九個。全院的教職員工總共才一千人，大家聽了不禁面面相覷，覺得除了自己，前後左右都可能是反革命份子了。

南京大學一向是南京大專院校的樣板，這次運動亦不例外。南大第一次召開五一六份子坦白大會時，我也參加了，印象猶新。記得那天是烈日當空，兩萬多人席地坐在大操場上，場外戒備森嚴。五一六一個個被押上高臺，當眾揭發控訴，沒有一個不是聲淚俱下的，有的還泣不成言，當場暈倒。這其中，有專司搜集毛澤東數十年來黑話的紅色接班人，準備有朝一日效法項羽「取而代之」時用做砲彈；有抄搜圖書館禁書部的紅衛兵，拿走希特勒《我的奮鬥史》去徹夜研讀，奉爲經典著作；也有同窗數年而一向睡上下鋪的親密戰友，甚至患難與共三十年的老夫妻，而竟不知對方是五一六的同黨！當時，操場上的人莫不受到感動，很多人唉聲嘆氣，甚至陪著掉淚。

任秀蘭是這種五一六份子嗎？我確實不知道——也許只有天知道吧。

那天，我們一直搜到天黑，山上山下都尋遍了，也沒發現任何可疑的形跡。孩子們都說任秀蘭肯定逃出清涼山了。大家弄得精疲力盡，幾個小女孩已累得直往我身上靠了，馬師傅看這光景，只好放棄，和我領著孩子們下山來。

第二天早上，郁老師、夏老師剛和我碰了頭，還來不及打開《毛選》來學習，馬師傅就跑過來。原來任秀蘭失蹤達廿四小時，有可能已經逃出了南京市區，省裡電告了她老家山西和夫家蘇州的治安機關，把她的親戚都監視起來。另外，沿著長江兩岸，從南京到上海這一段，所有的碼頭都派水院的人把守，監視上下船的旅客。院裡懷疑她的失蹤是蓄謀已久，內外相應作成的，怕事故重演，校內更要加強治安措施，因此讓馬師傅來通知我們，要加強巡邏，特別是清涼山，每天都要去察看一趟。

「看到什麼可疑的，立刻掛電話到院辦公室來！」

馬師傅吩咐了一遍，匆匆走了。

夏老師望著馬師傅的背影說：「了不得！不見了任秀蘭，把水院都鬧翻了。瞧馬師傅急成那樣子，大概沒睡好吧，眼睛都紅了。」

「最可憐恐怕是看管任秀蘭的顧醫生啦！」郁老師說，「她急得一夜都沒回家呢！」

「怎麼是顧醫生？」我吃了一驚。

顧醫生和我是緊鄰，她看守任秀蘭的事，我竟一點都不知道。

「夏天裡才換的，」郁老師告訴我。「任秀蘭有高血壓，她們懷疑她裝病。她常叫頭痛頭昏，有時一天一夜不吭一聲，眞正是雷打不動。人家拿她沒辦法，弄不清是眞病假病，後來就反映上去。工宣隊說：這好辦，換個醫生去，看她再裝病！結果就派了顧醫生去，誰知道偏在她手上出紕漏！」

顧醫生是好人一個，最和善不過，偏讓她撞上這場意外的事，我很爲她難受。

「這麼多人看守，」我說，「不能只怪顧醫生一個人呀！」

夏老師毫不同情地說：「誰叫是在她手上跑掉的呢？她和小周值夜班。一早起來，小周去食堂打稀飯，她在疊被子，任秀蘭說上廁所，就一去不回啦！等小周打稀飯回來，要找人吃飯，才發現人跑了，自然是顧醫生責任最大了。」

「顧醫生以前恰巧是任秀蘭支持過的革司紅聯這一派的人，就怕人家說她不能劃清界線，」郁老師說了，口氣還賦有同情之意。「任秀蘭要卸掉兩根木條的釘子，肯定不是一朝一夕的事。大家估計她用的是髮夾子，那幾根釘子也要幾個月才弄得鬆，幾個看守的人不曾疑心就是了。」

我說：「這個人手腳也眞夠快！翻出廁所後面那塊草地，還要繞過實驗大樓才能摸上清涼山……她最多也只有十來分鐘吧？」

任秀蘭被關的地方便是我們水利館西頭附近的一個小山坡，叫馬列山。山上只有兩棟小平房，工宣隊剛駐進本院時，用作隊部。因爲他們是打著工人毛澤東思想宣傳隊的旗號，號稱眞正的馬列主義者，大家就管這個小山頭叫馬列山。馬列山位置不算偏僻，毗鄰水利館，背靠實驗大樓，一個人要避過耳目，逃上清涼山，確是不容易。

「嘿，她從小打游擊起家，有名的長腿將軍呢！」夏老師說。

「任秀蘭眞是老狐狸一隻了！」郁老師雖然感嘆地搖著頭，語調仍含著敬佩之意。「從陝北到現在，幾十年的老幹部，整別人，經驗豐富得很呢！雖然現在自己挨整，不過輕易怎麼鬥得了她？南京這麼多大學，女的做過黨委書記的，就是她一個吧！」

「她是有一手，」夏老師也同意。「文革初期，她拉一派打一派，整了多少造反派！等到一聲『幹部靠邊站』，她第一個倒臺，眞是報應不爽！」

郁老師深深看了我一眼後，我才恍然大悟。原來夏老師曾屬於被任秀蘭打擊過的「革聯」一派，怪不得如此幸災樂禍。天天喊消除派性，但文革造成的派性已經是根深柢固了。

「任秀蘭紅的時候，你還沒有來水院吧？」

郁老師話題一轉，問起我來。

我搖搖頭。任秀蘭名氣這麼大，我卻只見到她有數的幾回，且多半是驚鴻一瞥。剛來水院時，頭一次看見她，是在勞改隊裡。她跟一些尚未解放的黑幫份子正揹了鋤頭要去勞動，打我跟前走過。

「那邊那個年紀大的女人，」一個同事悄悄指點給我看，「頭髮有些白的，便是任秀蘭。她從前是神槍手呢，看不出來吧？當年在太行山上橫衝直闖過，十四歲參加游擊隊，十六歲入了黨……。」

我聽著，再瞧一眼那矮胖的背影，心裡也肅然起敬。

最近一次見到她，還是春天的事。院裡效法南大，也召開了一次五一六份子坦白大會，全院出席，所有關起來的準五一六份子都被押著參加。那天，任秀蘭最後才進場，坐在最前排。我記得她進大廳時態度從容，高昂著頭，嘴角微微翹上，似笑非笑的樣子，眼光不疾不徐地全場掃射了一遍——她從前上臺給全院做報告，想必就是這副神情吧。不過，這次任秀蘭顯得蒼老多了，臉色蒼白，白髮添了不少，原來的圓臉突然拉長了，皺紋清晰可見，身子明顯是瘦下來了——這跟其他被關的人有些不同，他們因爲不見陽光，又缺運動，都變得又白又胖的。

「任秀蘭以前是有一套作風，」郁老師回憶地說給我聽，「她常跟我們一塊兒勞動，腳下穿了打補釘的布鞋，身上是洗得泛白的藍布制服；勞動休息的時候，手也不洗就拿了饅頭啃，我印象很深的。直到有一次，王超英媽媽告訴我，她大女兒去過任秀蘭家，住的是整棟的洋房，客廳裡有皮的沙發，地上鋪了地毯，連喝茶都是公務員端上來的。任秀蘭那一套艱苦樸素的作風竟是專門用在水院的！」

我正想表示我的看法，夏老師已經搶著下結論：「兩面派！典型的兩面派！」

郁老師不理她，又繼續說下去：「有一陣，任秀蘭號召健身救國，組織了本院的女教工打球、練太極拳。我報名參加了她的太極拳組。你別看她人矮矮胖胖的，拳打得不壞呢！五分鐘打完一套拳，臉不紅，氣不喘。還有一次賽跑，我們都半途而廢，只有她一個人跑完一圈操場，腳力是有兩下子！你剛剛說才十來分鐘的時間，我看是夠她跑掉的了。」

說起跑，我趕緊提醒大家：「院裡要我們加強巡邏，趕緊佈置一下吧。」

夏老師不以爲然地搖起頭來。

「我看是白找。這清涼山的草和樹，已經像頭髮似的，梳過多少道了，人肯定不在南京。昨天一發現她失蹤後，他們立刻組織人搜索，有的奔清涼山，有的搜實驗大樓。工宣隊親自帶了人搜馬列山，每棵草都撥開看了，關任秀蘭的那棟平房更是裡外都翻掏了一番，連廁所窗外的糞池都沒有漏過，還打開來，用棍子樋呢！我看，可能給她逃到上海去了。上海的五一六黑線伸得長，搞不好，別讓她叛國投敵了！」

儘管猜測紛紛，我們還是照章辦事，每天輪流著帶小學生上山一趟，搖搖樹，打打草。幾天下來，孩子們便忘了上山的任務，棍子丟了，心也散了。一帶上山，一轉眼跑掉大半，最後只剩下老師帶著幾個低年級的小朋友下山來。

到了星期五下午，仍是一無所獲。整個水院靜悄悄的，人馬大都調往外地去了。我招呼過孩子們吃了晚飯，與郁老師交接了班後，便拖著疲乏的腳步走回宿舍。剛走到半路上，正好碰見顧醫生向學校走來。才幾天不見，顧醫生整個瘦下來，兩隻眼睛塌進去，臘黃著臉，垂頭喪氣的。

「顧醫生！」

「陳老師！」

我親切地招呼她，同時搶走幾步，上前緊緊地拉住她的一隻手，表示一點無言的慰藉。

她把另一隻手壓上了我的手，感激地瞧著我。還沒說什麼話，眼眶先紅了起來。

「我眞是倒了楣！」

「不要急，一定找得回來，」我低聲安慰著她，「不能全怪妳，這種事防不勝防呀！」

她來回瞧瞧馬路，見路上沒有什麼行人，就抓著我訴起苦來。

「我眞是倒楣，派我來才兩個月，就發生這種事。我一來，她們已經不跟隨她上廁所了，並不是從我才開始的。任秀蘭狡猾極了，關了一年，就數這兩三個月最老實。絕食、裝病，什麼手段都不要，每天規規矩矩地學《毛選》，然後埋頭寫材料。大家都鬆了口氣，誰知她暗下做了手腳！哎，我怎麼辦！」

說到這裡，她眼角已經掛上兩顆淚。

我正想再安慰她兩句，她卻朝我搖搖頭，緊緊捏了下我的手，說：「我開會去了。」接著她低垂了頭，朝前走了。

我回轉身來，瞧著她瘦小的身影，心裡也爲她嘆息、難受。在那一刹那，我眞的希望任秀蘭能立刻被找回來。

第二天，又是星期六。我正想動員孩子們大掃除，修整庭院，馬師傅來了。

「陳老師，一切從頭來起吧！一定找得回來。」

他想說得樂觀些，可是神色之間掩藏不住心灰意懶。

「院裡昨晚開了個緊急會議，」他告訴我，「外地都彙報回來了，還是沒得下落。大家料著任秀蘭多半還在南京，說不定還藏在城南、城西這一帶，所以，會上交代下來，從頭找起！這次用分片包幹的辦法，每一寸地都要翻過來看，有洞就挖，一點不能含糊！清涼山到草場門這一帶是重點，軍宣隊親自抓。你們包馬列山，立刻就去。我佈置完了其他的組，也來幫你們找吧。」

說完，交給我兩把鑰匙，馬師傅走了。

自從任秀蘭關在馬列山，那個山坡便成爲孩子們的禁地，平常是三申五令，不許他們越雷池一步的。這下聽說可以上去，大家都興奮得呼叫起來，又紛紛去找棍子了。我把他們分成兩組，四、五個高年級的女生同我進屋去搜尋，其他的全在屋外翻草地。其實，誰也不期望會找到有關任秀蘭失蹤的蛛絲馬跡，但對馬列山的好奇已經令孩子們手舞足蹈了，連隊伍都整頓不起來，才聽到一聲「走！」，便爭先恐後地跑上了山。

我帶著王超英她們，先打開任秀蘭住過的房子，進去東瞧西望了一回。一共也只有四個房間，北房和東西兩間除了桌椅板凳外，幾乎是空蕩蕩的。其中兩間看來是看守人員開會的場所，牆上有毛澤東的照片和激勵士氣的標語，如「五一六不滅亡，誓不罷休！」，「揪出軍中伸向院校的黑手！」，「誰反對許司令就是反對毛主席！」云云。另一間想必是任秀蘭挨整的房間，滿牆是斗大的墨字，半尺長的驚嘆符號，標語全是苦口婆心地勸她低頭認罪，回頭是岸，否則便死無葬身之地！

朝南的一間是任秀蘭和值夜人員的臥房，兩扇窗子全垂下了黑布窗簾，以致房間裡陰森森的，幾個女孩子站在門口，竟不敢走進來了。我立刻走去把窗簾拉開來。同其他房間一樣，窗玻璃外也縱橫釘了五六道木條。八月的豔陽天在窗外閃爍，隔著木條和玻璃，陽光的明亮像波浪般湧進來，幽暗的房間登時亮敞起來。女孩子們這才跨進來，張大了眼，到處探著頭瞧。

房裡只有兩張木床，一張空空的，另一張被巾和枕蓆均在，大概是任秀蘭的床了。床底下有黑布鞋和棉鞋各一雙，還有一個鋪蓋捲，包得很鬆懈，可能是幾經翻查的緣故。兩床之間有兩把椅子，堆放了幾件尋常的布制服；床頭邊的書桌上除了一本用舊的《毛選》外，一無所有。四周的白粉牆上都是剛被撕掉的標語痕跡，也許撕得太匆忙，太潦草了，好些地方還留下殘紙隻字，依稀猜得出是「死路」、「何處」的字樣來。

我們在屋內流連，拍拍這個，摸摸那個。可察看的東西太少了，孩子們都流露出失望的神情。除了我，她們每個人都趴在地板上，把床底望個透徹。

「老師，看不看廁所？」王超英問我。

「看吧。」我說。

找了一下，才發現廁所是在房外通道的盡頭。我開了門，自己先走進去。

就在這個時候，廁所的窗外傳來孩子們大喊大叫的聲音。

「陳老師！快！陳老師！」

懷。

我一聽，立刻轉身走出廁所，急急跑出大門，就在門口和一個猛朝屋裡鑽的孩子撞個滿

「快！快！陳老師……。」

原來是張小兵。他立刻拉了我一隻手，拖著我跑，繞過了屋角，跑到屋後來。就在廁所窗外，孩子們圍成了密密一圈，瞪大了眼睛瞧什麼。有的還捂住了鼻子，幾個小的孩子更是嚇得躲在人背後，雙手掩了臉不敢看。看到我來，他們馬上閃開了一條路，讓我走近。我上前一看，兩尺見方的一個坑滿滿地被一件物體堵住了。

「任秀蘭！」

不知誰說的，我一聽這名字，一陣噁心，眼前猛的一打閃，天地就漸漸黑下來，接著什麼都聽不見，也看不見了。

我整整病了一星期。每天就是躺在床上，不想吃喝；閉了眼睛，一件黑乎乎脹鼓鼓的物體便湧上腦海，使胃裡泛酸作嘔，想一吐為快，偏又吐不出來。慢慢的，我也習慣了，知道這不是生理的反應，而是盤據在我心頭的一種感覺，像鉸鏈一般，今生怕是解不開。

馬師傅對我關懷備至，三番兩次來探望我。他告訴我，院裡開了如何盛大的批判大會，多少人上臺批鬥任秀蘭；說她自甘跳糞池是形左始而極右終；是自絕於人民，死得輕於鴻

毛，自然要遺臭萬代。會上宣佈開除了她的黨籍，蓋棺論定爲反革命份子。

「她自己成心找死呀，有啥辦法！」

連馬師傅也搖頭嘆息，覺得不勝遺憾。

「你想，那個糞池很淺的，不到一米深，長寬也不過是一個人身長，不是死貼住坑角，頭一次用棍子樋，也早樋出來了！唉！何必尋死呢？這一死，就像大會上講的……怎麼講的？輕於……鴻毛！」

馬師傅的話並沒有說錯。

那年秋天，林彪事件發生了，不久就忙於批林、反極右。一年不到，所有上臺坦白過的五一六份子都紛紛推翻口供，叫嚷是屈打成招；而當年整他們的人，很多又做爲林彪黨徒的嫌疑被關進了學習班。本院的準五一六也陸續放出來了；最後一位，在關滿三年後，也見了天日，什麼罪名也沒有。

階級鬥爭的輪子滾滾向前。很快地，五一六在南京成了一個歷史名詞，一段恐怖中帶著荒唐意味的回憶。任秀蘭的死再也無人提及，她的名字也只在水院的路線鬥爭史上才會出現。

對於我，就不同了。她的死像一塊鐵投進了我的心海，重重的，越沉越深。

附錄

有感

——《尹縣長》初版自序

陳若曦

我在南京住的那幾年，怎麼也沒想到有一天會再提筆寫小說；那時做夢也想不到有離開的一天。誰知天下事難料，有一天竟然人到了香港。由深圳乘火車到九龍時，沿途看著花花綠綠的招牌，幾疑心是置身夢中。原想不提往事，只將就著打發餘生，然而住在以人為牆的香港，卻備感寂寞，特別懷念起大陸上的朋友來。我在大陸七年，可說一事無成：論種田，遠不夠自己餬口；教書呢？也是陪著誤人子弟。想來想去，只有一點，那就是多認識了自己的同胞。

以前，我做為中國人好像是理所當然，與生俱來，無所選擇的。經過這幾年，我才了解到中國人民原來是既悲且壯，可愛復可敬；哪怕是最平凡的一個人，本身也是數千年歷史文化的結晶，自有尊嚴，絕非一個專制的政治制度所能改變的。我認識的人自然不多，但每想起他們，就像想起老家臺灣的親友，無限的親切。就為抒發這情懷，我又試著拿起筆來。

這裡收集的幾個短篇，除了〈查戶口〉外，全在香港《明報月刊》登載過。為了求教於老家的讀者，除了刪改文字外，還加了不少引號，有時自己乍看都糊塗了。

這個集子能在臺北出版，還真虧了文壇幾個老前輩積極開路，謹在此表示敬意。

——一九七六年三月於溫哥華

寫在《尹縣長》出版後

陳若曦

三月上旬，朋友有事從台北打電話來，談話中偶然提到一句：「聽說你的書《尹縣長》已經出版了。」

我並不相信，因為前一天才把校樣寄回並附上作者的小序，全是按出版社的要求，從未提到要提前出版，何況已經約了夏志清先生寫序言及書評，說好三月份交稿，現在稿子還沒有影子，校樣也沒有寄到，出版社絕不會貿然把書推出來的，雖是這麼忖度，卻也覺得該提醒一下夏先生，別拖延了才好，於是搖了一個長途電話到紐約，催他的稿子，推知他一聽，在電話裡便叫了起來：「妳還來催我呀？我剛接到一本《尹縣長》，正對著它瞪眼呢……」

既然夏先生對著《尹縣長》瞪眼，那麼集子顯然是問世無疑了，也許最近加拿大郵政辦得差些，遞送緩如蝸牛爬行（我在東京的一個朋友已經看完書，今天寫信來說感想了），我至今尚未見到這本集子，想瞪一眼的份也沒有，在校對時，我發現錯別字還很多，有些地方整句漏掉（刪掉的不在內），如果就這樣與讀者見面，真是對不起讀者了，我自己最討厭錯字連篇的印刷品，一頁書如果多幾個別字，就沒耐心讀下去，現在自己的書如果也遭這種待遇，可是報應不爽了，希望有機會再版時，至少能改正這方面的錯誤。

我在台大念書時，對寫作便有興趣，不過那時候天真幼稚，一腦子的幻想．及至與幾個要好的同學創辦了《現代文學》後，又一改初衷，相信「文以載道」，文學絕不是貴族或有閒階級的消遣，本身該有嚴肅的使命，若不能為民喉舌，至少也要客觀地反映生活，於是我走出了自己的象牙塔，開始研究起自己所來自的階層，關心他們的遭遇，體會他們的感受，嚐試著去表達他們的喜怒哀樂。目的並沒有達到，然而自己內心卻覺得充實多了，到了美國後，我繼續念文學，後來轉進「創作講習班」，忽然又來個大轉變了。這次，我覺得「文以載道」還不行，應該身體力行；寫作云云，真是雕蟲小技，可以棄之如敝屣；只有政治才是大方向，行動本身才有力量，個人要對國家民族做出貢獻，非投身到「革命的洪爐」去不可。所以，當馬丁．路德．金先生領導和平示威由南方步行到華盛頓時，我也加入了隊伍的尾巴；黑豹黨崛起時，我特地趕到南方去調查「學生非暴力行動委員會」的活動。當然，最大的行動是在一九六六年秋，經由冰島和歐洲而飛去「北京」了。

在大陸七年，我自然沒有提筆寫過什麼——除了照抄如儀的政治八股外——也斷了今生再提筆的念頭了，那場文化大革命把我的雄心壯志全革去了，不過這一段說來話長，這裡只好先略去。十年後再提筆，先寫的是〈尹縣長〉這個短篇，這次可不是要重溫當年想當作家的美夢了，我在香港那年，在新法教中學，每天八堂課，作業如山，壓得氣都喘不過來，沒空作夢；何況，香港的稿費，大刊物如《明報月刊》，也不過七元美金一千字，怎麼也引不起人為此而揮汗填格子去，我之寫〈尹縣長〉，實在是懷念這個人，不寫出來，心裡便有疙瘩。

香港是個很奇怪的地方，好像最富有中國情調，又往往最缺中國味道，到處都是炎黃子孫，然而我個人接觸的圈子很窄，莘莘學子不是勤於學番語，便是忙於應付考試，或找教師打介紹信申請留美，中國前途如何，就無暇顧及了。我因而覺得很寂寞，特別懷念起新界那一邊的熟人和朋友了，雖然相識只有短短幾年，懷念之殷卻也不亞於老家台灣的親友。

記得我將離開南京的前夕，有個朋友摸黑來敲門，送來一雙親手做的布鞋，悄悄說：「妳要遠行了，我別的沒有，就送妳這雙布鞋吧………。」我一向愛穿布鞋，但望著這密密麻麻一針針扎成的鞋底，只覺得要淌眼淚了，那裡捨得穿它呢？

這情景就如同十幾年前，我離家要去美國，飛快車經過新竹，吾友老孟那年夏天試種葡萄，特地趕來，追著開動了的車喊：「陳若曦，葡萄成熟了！」終於拋進車廂一串葡萄，我抱著那串碧綠晶瑩的葡萄，眼眶也是濕潤潤的。

〈尹縣長〉先載于一九七四年九月號的《明報月刊》，得到戴天和胡菊人的鼓勵，又動手寫〈耿爾在北京〉，寫完上篇，就全家遷來加拿大，我仍然做事，在銀行敲打計算機，填報表，照樣忙碌，寫小說也是斷斷續續的，還是業餘性質，我從沒想到把它做為一項職業，一則自己沒有能力，二則也比較自由，愛怎麼寫就怎麼寫，不必顧慮太多。

〈尹縣長〉這篇曾由台北某報轉載，刪節、更改不少，我事先毫不知情，有一天看到剪報，才吃了一驚，前不久《星島日報》有篇〈可憐的尹縣長〉，提到這件事，我倒很佩服該文作者如此有耐心，逐句去比較原文。我是讀了五、六行後便放下來了，遠景出版的集子自然也刪去了一小部份，但總還讀得通，校樣中，最後一段全刪去了。其實那是整篇小說的眼子，形成諷刺，正是我寫它的動機，不過彼此角度不同，尺度亦異，也只好如此。

這六個短篇雖然是根據真實故事，但以小說方式處理，只有〈任秀蘭〉例外，任秀蘭的事件使我很悲傷，所以我如實敘述，與其說是寫給讀者看，不如說是寫給我自己看，紀念那一段驚心動魄的日子，為了存真，我放棄了小說寫作常用的手法，即把傳聞化為親身經歷來增加可信性。相反的，我在集子裡還特地換掉了〈晶晶的生日〉中一個角色的姓，以免姓名雷同。

有個讀者問我：「那〈查户口〉中，冷子宣顯然不再愛彭玉蓮了，何不離婚？」我只能說，離婚是很難的，結婚有時尚且不易，何況冷子宣也清楚，問題不在離不離婚上。

還有個讀者說：「這對夫婦愛情真偉大呀！女的為了男的不去勞動，竟演紅杏出牆，男的為了掉勞改，也忍痛帶上綠帽子。」

我想冷子宣是個硬骨頭，硬骨頭的人有時迫得只好採取沉默作武器。

讀者的認真和熱心使我很感動，也促使我檢討自己的寫作技巧，我相信是自己技巧不成熟，因此未能把彭玉蓮的性格刻畫成功，也沒把冷子宣的內心境界反映給所有的讀者。

除了〈查户口〉和〈任秀蘭〉，其他四篇均先在《明報月刊》登載過，儘管有些刪節，這幾篇東西能和台灣的讀者見面，也是令人欣慰的事。《中國時報》和遠景出版社在轉載和排版上，都很認真負責，為了存真，很多字眼就加了引號。當然，引號多了，讀者也許覺得突兀，就像我自己，看到「紅旗」，一時弄不清是一面旗子，還是一本雜誌了。我對朋友説，自己對文學一向沒有貢獻，要有，便是首創這「引號文學」了。

這本集子能在台北出版，還承文壇幾位前輩開路，《中國時報》和《聯合報》副刊支持，謹在此表示敬意。

——一九七六年三月廿一日于溫哥華，原載一九七六年三月三十《聯合報》副刊

陳若曦的旅程

葉維廉

經過了那熱烈的內心的激盪的時期……漸漸在凝定，在擺脫誇張的辭藻，走進一種克臘西克（即古典）的節制，這幾乎是每一個天才者必經的路程，從情感的過剩到情感的結束。偉大的作品產生於靈魂的平靜，不是產生於一時的激昂。後者是一種戟刺，不是一種持久的力量。

——劉西渭（咀華集，文化生活版，一九三六年，頁一三〇）

（一）

陳若曦的短篇小說分為兩個時期。第一個時期的作品在一九五八年到一九六二年間寫成，多半在《文學雜誌》和《現代文學》上發表，作品有〈欽之舅舅〉、〈灰眼黑貓〉、〈巴里的旅程〉、〈收魂〉、〈辛莊〉、〈喬琪〉、〈最後夜戲〉、〈婦人桃花〉和

〈燃燒的夜〉。第二個時期是她在中國大陸住了七年回到香港以後所寫的一系列短篇，現收入《尹縣長》集中。（一九七四年至一九七六年）

當陳若曦發表她第一時期的小說時，我怎樣也不會想起上面劉西渭那段話。坦白的說，現在回顧起來，她那個時期的小說，雖然在題材上，有些地方呼應著五四初期的小說，如「反封建」「反迷信」及對中下層社會受逼害的小人物的同情，但在表現上，幾乎與劉西渭的「凝定」「節制」「靈魂的平靜」背道而馳。

她那個時期的小說，情緒激溢，語言誇張，著重戟刺，小說的進展被強烈的未受節制的主觀意識及偶發而具爆炸性的潛意識活動所左右，而這些文字現象又是由於她缺乏一種熟思的完整觀念的視界，作為她所批判或抗拒存在現實的準據。因而也無法構成強烈的悲劇意識。這和她第二時期的作品形成鮮明的對比。

這個蛻變幾乎是傳奇性的，我們彷彿突然面對兩個截然不同的世界，兩個不同的作者。我們如何去抓住這個蛻變的演化痕跡？中間的一段沉默作了何種催化作用？這不一定是我們能夠完全追蹤出來的。但我們如果細心的去讀，也會發現到有些早期的技巧，到了「尹」集的時候，收到了極有效的發揮，譬如〈灰眼黑貓〉裡用外在氣候逐步的變化來反映事件的嚴重的層次，到了〈尹縣長〉裡便做到某種極具感染力的心理深度。這一點我們在後面有較詳細的審視。

因此，我們認為，要取得陳若曦「尹」集全面的了解，我們必需從她早期的作品出發，光是說她「客觀」「寫實主義」，說她「反共」是不夠的，她小說中的戲劇與她意識形態的蛻變與成長是有著密切的關係的，我們必須在她世界觀的蛻變中，尋出她小說中最基本的生命靜靜的呼喊。

讓我們從她最早的小說〈欽之舅舅〉談起。我們認為這篇小說是失敗的作品，倒不是因為它缺乏新詞新境，也不是因為它充斥著陳腔濫調，在任何人的早期作品中，這都是無可避免的。卻是因為她依賴著一種無法與外在現象對證的神秘世界作為她語言的發揮。欽之舅舅是一個傳聞中定型的神經質而沒有識見的詩人——哲學家——沉思者——瘋子——無故自我懲罰的人。敘述者所見的世界完全被浸在欽之舅舅和自然之間一種隱秘而極其情緒化的氣氛中，欽之舅舅與自然神秘的交往（如拜月）本身沒有任何深度的靈魂的探索，只有表面的怪異，而敘述者則用著一種夢幻的感受去渲染和美化眼中的世界：「日子過得像一篇散文詩，流暢、淋漓而美麗。」把文藝裡建立的語言世界去塑造風景與人物：「花香樹影」「一聲細碎的鳥語」「月光像水似的瀉滿了一室」，完全不是由於事件發展的需要而描寫，它們既不反映主角的觀物態度，亦不映照事件內在行進的旋律，它們完全是作者未加靜濾的一種主觀愛好的意象硬加在故事之上。人物的描寫亦如是。「欽之舅舅的文學和藝術非常好」，敘述者如此說，至於如何好，完全沒有讓主角的言行中流露出來，因而我們無法從欽之舅舅客觀的表現中感到他是一個真的知識份子，有思想，有識見，因而他在小說中的苦痛，不深刻，不實在，而是外在的情緒化。作者在迷惑於神秘引力（如本篇中的月亮）及神秘的破壞力（如〈灰眼黑貓〉）之餘，常常有意地把異乎尋常的怪異行為、意識、現象誇張及神秘化，作為她小說中的引力，在這個誇張及神秘化的過程中，她依賴著一個近乎「暴風雨」的狂亂的語言和律動：

月亮停在山谷的上空，兩個山峰之間，好像伸手即能摘得到。我滿心喜悅……正想呼叫著向空地跑去。突然，我提起的腳懸在空中，歡呼的音符停留在舌尖。一個移動的人影！我咬住手指，睜圓了眼睛仔細一瞧，這下子我張大了嘴巴也闔不攏來。這高瘦的身材，抓著手杖，竟是我的舅舅欽之！他張出雙臂向著天空，手杖正指著山谷上的月亮——這月亮似乎比我在湖邊所見的增大了一倍——好像在默禱……他不知何時已放下手杖，把兩手交叉在胸前，半跪在地上，呢呢喃喃地唸著……呢喃的音調隨著逐漸變了，由輕緩而急促，從祈求轉爲哀訴。他的聲音越來越大，顯得非常激動，兩隻手輪著伸向空中，急促地搖晃，嘴脣抽搐得更厲害。他迸出來的奇異音符像冰天雪地中餓狼的嗥叫，又像野牛奔跑時的咆哮；那麼淒厲，像犯人受絞刑前掙扎的叫喊；那麼悲慘，又像奴工營囚犯低沉的呼號。聲調越來越高亢，幾近乎失叫，接著一聲劃破空谷的長鳴，他霍地跳起向岩石仆倒。我覺得一陣眼花腳軟……。

我們必須承認這一段文字中的戲劇性，作者對於動速的層次有相當的掌握，但這個律動是她主觀世界為了小說而建立的一種意識與情緒的跳動，是一個和實在生活經驗切斷而只能屬於藝術的世界，利用誇張的文字的跳躍推動我們進入，主角的行徑及敘述者的感知程序，是依賴著作者所選擇的「異情異境」的極端變化。我們並非說「異情異境」「絕境」「狂暴面」不可成為小說的題材，而是我們移入這種境象，及這種境象的顯露都應該有著適切的進展，語言越平常，發展越若無其事，該境象的打擊力越強烈，越能激人回味、思索。語言表面的強烈，主觀情緒世界的表面戲劇化傾於刺激性的發作，不易持久。

〈欽之舅舅〉是陳若曦最早的小說，當然不能代表她第一時期的全部作品的面貌，我們只想拈出該小說中之依賴「異情異境」和語言上主觀的爆發。這個傾向在她那時期的小說中繼續的湧現，甚至在她那紮根在現實主義的〈最後夜戲〉中亦未曾脫離。這個傾向在〈巴里的旅程〉裡發展得最為極端。

〈巴里的旅程〉完全是一段主觀意識的旅程，那五光十色的、切斷的、支離破碎而缺乏完整意義的、各不相關的場景，雖然是取自充滿著問題的現代城市的片段，卻完全是主觀活動意識的象徵場景，和外在世界幾乎無法相認。〈巴里的旅程〉是對存在意義很膚淺的追求，敘述者受著一種失落感的迷惘所左右，反映於表現形式的是語言的錯亂，這篇特別多「後設語」（例：流動的攤販爭攬生意——抽乾水後的池中無數泥鰍。）「後設語」是作者個人的語言遊戲，和故事的行進完全不發生關係，但它們卻堵塞在中間。〈巴里的旅程〉完全依賴著每一個片段的偏異突發的奇情，而利用著類似〈欽之舅舅〉的誇張狂亂的律動去推進：

霎時，尖叫、呼嘯、咒罵、嘩笑……排山倒海而來。豬仔的眼睛巴眨，狼犬的黃牙齜冽，吐沫星墜，頓足雷鳴，（按：竟似虛飾的四六文！）人們前仰後合，既驚嚇復憤怒……那膨脹、洶湧、憤怒的徒眾淹沒了他，漲潮般陣陣加高的喧嘩奪去了他的聽覺，千千萬萬鑽動的人頭分散了他視線的焦點。在搖晃不定的人潮中，他只瞧到「神」「人」「罪」不絕的，反覆的映現。天地也跟著旋轉、搖盪，人聲終成響雷。暴風雨挾著閃電，拔地而臨。一陣狂濤浪捲，巴里迷失了知覺。

再比較那不正常的患了自戀症的〈喬琪〉裡情緒洶湧澎湃的語言：

血液在血管裡逆流，衝激起浪花，心要跳出胸腔，而全身軟如爛泥。幾乎就在這一剎那，我覺得一道冰河橫衝掃下，急如雷電，立刻渾身冰冷得僵硬起來。我推開他，喘著氣，大聲喊著：不要！

我在房裡走來走去，四壁的畫像對我嘲弄，譏諷。為什麼今夜兩個我要敵對呢？呵，我覺得脣乾舌焦，腰肢痠痛，我的頭化成千斤閘，壓得我喘不過氣來，我的心像一片古戰場，滿受槍戮刀宰。啊，疲乏，我零碎，疲乏……

作者讓神經質的情緒擴大，膨脹，淹沒了血肉可感的客觀的現實。

但陳若曦是熟識血肉可感的客觀現實的，如〈灰眼黑貓〉寫在封建迷信舊社會裡犧牲的文姐，如〈收魂〉中寫環繞著迷信與死亡之間的同情與反諷，如為了生活的重擔而〈陰陽顛倒〉、勞累入院、妻子紅杏出牆，而落得迷惘自傷的辛莊，如〈最後夜戲〉中歌仔戲女角金喜子遇人不淑誤入吸毒之途的悲憫命運，無一不是含有批判精神的寫實主義的作品，我們或者可以說，這些作品仍是後來「尹」集中樸實無華之表現的種子。但事實上，這些作品有許多地方是受著上述的傾向所左右的。如我們提的「奇情」「絕境」，大都主宰著這些作品。我們手上沒有資料證明陳若曦曾否細讀「陰森大師」艾嘉・愛倫・坡的象徵作品，但她迷惑類似的神秘氣氛，如〈灰眼黑貓〉在氣氛的層次上幾乎像愛倫坡的〈大黑鴉〉那樣，一層一層把黑的氣氛加深，把出場的人物都作了「可怕的扭曲」，把死亡的必然性——甚至可以說粘性緊握不放，如影隨形，而使其他在此氣氛中出現的事物人物都帶上表現主義的可解不可解之間的象徵。小說中的黑貓是顯著的死亡的化身了，但田中突現的老太婆，「額上纏了一塊黑紗」，在小說中出現的時候，可以說是一種氣氛的元素放射著暗示死亡的可能。

這種在〈欽之舅舅〉裡便湧現的神秘力量——包括欽之舅舅超乎常人的心電感應——一再以別的形式流露或隱藏在〈收魂〉與〈婦人桃花〉裡。換言之，即在作者寫客觀現實的時候，仍然將之置於一個獨特的主觀意識活動裡。在陳若曦第一時期的小說裡，〈辛莊〉和〈最夜後戲〉可以說最紮根在客觀的世界裡，但兩篇都不斷的讓潛意識的洶湧取代、佔有。辛莊是一個日夜為生活而奔波的工人，但由勞累入院後，他的神經質竟似一個過於敏感的詩人：「看完戲的人蜂擁地趕過他，呼叫喧鬧著，像一派海潮捲向他。天地忽然被拉向兩個極端，他似乎被扔在當中，搖盪，滾翻，抓不到什麼。一忽兒在漩渦中，浮沉，打轉，越轉越深，終於撞到海底。」同樣地，在臺上唱歌仔戲的金喜子，幾乎在每句臺詞之間便被記憶和昏亂的潛意識所淹沒，沉入另一個世界裡。一般來說，〈最後夜戲〉在客觀世界和主觀意識世界之間來往無間配合有致，其最大的原因是語言的逐漸凝定與控制：「現在，她覺得四肢無力，渾身開始軟綿綿起來，只想蹲下來或躺在地上，捉住一樣什麼東西，捏得緊緊的，咬它一口。她感到胃開始收縮，翻騰；眼睛越來越迷離；腳微微顫抖，盡了最大的努力，也只能讓它們暫時不脫離地面。」

「不脫離地面」好像無意間為陳若曦暗藏了一句諾言。十一年後的陳若曦的文字每一個字都依附著現實生活的客觀經驗，「尹」集裡把以上所列的一切意識形態完全切割乾淨，不給它們作任何主觀發揮的特權，要它們作生活經驗的服務員，這個蛻變在現代中國小說史上可以說是一個奇異的現象。

（二）

當陳若曦離開美國「回歸」中國大陸的時候，我竟然想起了法國象徵詩人藍波（Rimbaud），這並非因為她的作品似藍波，而於藍波寫了幾年令人眩目驚異的詩以後，便完全放棄寫作，隨探險隊和商旅消失在亞卑仙尼亞（雖然他最後是病死法國領土上），陳若曦也認為寫作不能擁抱生命，必需投入行動與生命的本身？她要把五四給她的批判精神和年輕的生命力發揮？有一點是肯定的：如果〈灰眼黑貓〉裡的阿青說：「阿蒂來信要我回家，我卻厭惡再看到或嗅到那山村的一切。我想著：有一天我的腳步站穩了，我要把她接來。讓年輕的遠離那偏僻而窒人的鄉村，讓那年老的隨著腐朽的舊制度——帶著它所造成的罪惡——在地的一角沉淪下去吧！」但巴里（如阿青）離開了鄉村走向支離破碎的神經質的城市不但沒有「站穩」了，而且無法將碎片拼合為完整的意義。陳若曦離臺赴美到「回顧」中國本土的旅程，第一步先發現了資本主義及工業社會下用「貨物價值」的觀念來衡量人的價值所產生的強烈的互相隔離與個人主義；要獲得完整的意義，首先要割棄她的「巴里」，她「爆發性、情緒化」的自我。她最後的「回歸」大陸彷彿是輔助了她破釜沉舟地把殘餘的過去完全切斷，為的是追求真質與生命、意義與事件的凝一不分，也許她第一次了解到完整的視界，完整的國家觀念及社會組織無法在夢幻與美麗的語言中獲得，更無法在缺乏對完整的認識的情況下，從徬徨與吶喊裡求取，必須把思想——冷靜熟慮地摒除私慾擁抱大我的思想投入實際的行動。

我們在本文之先，說陳若曦第一時期的小說缺乏了一種完整觀念的視界作為她批判或抗拒存在現實的準據，因而也無法構成強烈的悲劇意識。悲劇的產生是：當真質與生命分離，當主角不斷從破碎的經驗中徒然的要求意義而被毀滅了。但有人或許會問：巴里所看見的不是破碎的世界嗎？不是真質與生命的分離嗎？喬琪的失落不也是生命與意義的分割嗎？文姐、辛莊、金喜子不是被一個不完整的社會制度毀滅了嗎？巴里的旅程不是對意義的追求而迷失了嗎？這些當然是構成悲劇的素材，但真正的悲劇意味必須產生在一個完整的視界與其支離破碎的現象之間的對峙與牽持。在〈巴里的旅程〉和同期的其他小說的背後並沒有一個作者冷靜思慮過、而她堅信不移的完整世界觀或社會制度。〈巴里的旅程〉投出了無數的人生的問題，但沒有一個是有深刻的答案的，其他小說裡所暗藏的對社會制度的抗議只是一種抗議，至於抗議後面所應該流露（但並非說明）的某種完整的信念是完全缺乏的，這或許可以解釋為什麼她要依賴神秘不可解的異境作為她小說下碇之處吧！

俗語說，愛之越深痛之越切，光是一個純理性衍化出來的完整觀念仍然是不夠的，作者必須由信到愛，始可以顯出小說裡所呈露的幻滅破碎的強烈悲劇意味。《尹縣長》集中小說的感動力便是來自一個作者強烈地信仰的完整世界觀（但被作者完全冷靜地隱藏著的視界）突然地（但她不願意相信會發生的）解體。

我們必須在這裡對所謂「完整的世界觀」的問題加以解釋。所謂「完整的世界觀」，往往因人而異，因重點而異。我們可以如道家或近期現象哲學派從存在現象的本樣出發，認定人只是全現象界的一個構成元素之一而已；我們可以如宗教家肯定世界的主宰為上帝（這一點在二十世紀中恐無法再現）……但對一個關心社會的小說家來說，所謂「完整的世界觀」，呈現在社會組織上的，首要的應該是文化、經濟、政治成為一個完全不可分割的整體，三者互為表裡。這原是最基本的社會組織的條件，在原始社會裡，歌者、獵人、部落份子是同一個人，所有的文化活動（儀式劇）是他們經濟、政治的骨幹，如狩獵是為了全族人的生活，全族人共同參與的儀式劇是為達成狩獵的目的，因而也是為達成穩定部族的目的而演出的——沒有個人靈魂自我爆發的呼喊，生命、意義是一體的。其實我們傳統裡理想的（我要強調「理想」二字）儒家思想也是要三者互為表裡的，只是到了政治家的手裡才分了家。在西方的社會組織裡，由於強調貨物交換的價值，強調弱肉強食的競爭，文化完全是經濟和政治的副產品，甚至是多餘的累贅，詩人和小說家要不斷的站出來用種種的方式來肯定他們的存在意義與價值，統治者是任你去說，但不會把文化視為精神的領導，甚至不會視為政治經濟發展的助手。社會主義向陳若曦所提供的正是剔除了個人主義而可以達成文化、經濟、政治三者互為表裡的希望（至於到了大陸後目睹制度化所引起的分裂、甚至破產卻是後話，也是構成她小說裡強烈悲劇意味的關鍵），在當時，她的信念是強烈的，她要為這個完整的世界觀服膺，要把她微薄的學識投入偉大的建設裡。「那時，支持著他的不單單是一腔愛國的熱血，還有美好的理想，為了這個理想，他熬夜攻讀列寧和毛澤東的著作，作了多少筆記」（〈值夜〉）為了「為別人活著，為中國老百姓做事」（〈尹縣長〉）而頓覺自己的渺小，個人主義之骯髒。我們說，她的信念是強烈的，我們還可以從反面的事件看出來，「尹」集中的回歸知識份子常常有忍辱負重的感覺，晶晶的爸爸，「他迢迢千里而來，如今鬱鬱不得志，只希望寄託在下一代，看他生在紅旗下，長在紅旗下，盼望著將來能成為八億眾生中的普通份子，不揹任何思想包袱，平安無事地生活下去。」（〈晶晶的生日〉）他寧願把個人的要求退到最謙卑的願望，可見其原始信念之深。同樣地，耿爾認識了小晴以後，他想「如果能和血統工人的小晴結合，不但自己的思想改造有脫胎換骨的可能，就是子女身上也將流著工人階級的貴族血液——有比這個更有意義嗎？」（〈耿爾在北京〉），雖然「貴族」兩字帶有反諷的意味，但作者曾經深信脫胎換骨的需要及意義。我們說過：愛之越深痛之越切，我們必須要從這個完整的信念及其挫折之間的互相牽持中去認識「尹」集的根本表現力。但在討論這個之前，我們還須指出這個信念對陳若曦的正面影響。

完整視界的追求，需要冷靜、專心一志的思辨，一旦做了決定，便是信念的開始。這個思辨過程的分析力，使得陳若曦成為一個成熟的知識份子，對事物的觀察，有了清明的掌握，不讓情緒湧溢所左右。另一方面，社會主義的思想方法，強調科學精神與邏輯思維的辯證。這種思維的習慣在沉默了十一年的陳若曦的小說裡產生了極其健康的結果：凝定與節制，乾淨樸實，只說經驗或事件需要她說的，有時只點到而止，讓人去感到背後的戰慄。如果我們想在「尹」集中找出如第一個時期小說裡一些美麗、機智或富有詩意的文句，我們幾乎找不到。她的風格，尤其是在〈尹縣長〉裡幾乎是報導文學的風格，不參與任何個人的主觀的意見。她任事件演出我們的眼前，由我們去感覺到其他令人不寒而慄的情境。

〈尹縣長〉是陳若曦離開大陸以後的第一篇小說，也是她寫得最好的一篇，幾乎做到完全的客觀。這篇小說是描寫敘述者在偶然的一次機會裡看見一個紅衛兵小張，清算一個對共產黨忠心耿耿的縣長（小張的一個遠親）。這篇小說最獨特的地方是敘述者的身份與立場的不確定：我們知道他不是黨員，雖然他來自北京，他好像有點同情尹縣長的遭遇，但他不形於色，而且當事情轉急尹縣長來請教這位「北京來的同志」時，他卻沒有表示他對文化大革命的看法，他只「背誦如流」地報告從報紙上得來而不甚了解的說法，一方面他又好像站在黨的方面，因為他開始好心勸尹縣長「要相信黨的政策，相信群眾，更相信『批判從嚴』，但『處置從寬』……」這樣一個敘述者的好處是：如果他原是已經反黨的，他眼中看到尹縣長之死於權力亂變亂用，便不一定使人驚駭。現在敘述者既無反黨情緒的流露，對事情只看而不評，我們通過他眼中所見，便沒有「右派人士扭曲誇張事實」的懷疑。換言之，敘述者幾乎就是一個電影機，帶著我們去看這事件的一些細節而已。這個敘述者與〈值夜〉的便大大的不同，〈值夜〉中已嫌增加了太多作者借他人的嘴巴說出的批判。柳向東和老傅的對話裡說大學教授在農場工作是浪費，說文化大革命把所有的書都革除了。這些對話已經無法視為故事中人物純然因某事件而發出的意見。作者一心要安插這些話作為她的抗議。

〈尹縣長〉裡的敘述者，不但只細心呈露而不作刻意的批判，作者還安排他不親見「公審」不親見「處決」。他只是一個過客——想想，過客所見已經令人寒顫，生活在其中長期受朝三暮四的政策的愚弄又是如何，這，作者留給讀者去思索。作者在〈尹縣長〉中起碼用了兩個「省略法」是很有效的。尹縣長被鬥的前夕，敘述者「第二天就出發到漢中去。」去了一個星期回來，景象變了。至於那一個星期發生了什麼事，作者不敘述（因為如果她全寫出來便是完全報導文學了），作者用了平淡無奇的文字敘述回來所見去反映這次的變異，他在汽車站看到琳瑯滿目的大字報，「只溜眼一下那些標題，便知道尹縣長已成眾矢之的了」，如此的不動情感，不激動，也不敘述任何感想，好像是一個陌路人一樣，敘述者寄住在和尹縣長很親近的尹老頭家裡，已和尹縣長見過兩次面，而且第二次還問過他很多話，現在敘述者的態度不露形色，其一，是保持純粹的「鏡子作用」，第二卻說明了另一個可怕的事實：這種事時常發生，不足為奇，無從關心起，關心也沒有用，而且可能會引起麻煩。再看下去：「這街上兩旁的鋪子，原來都換上了新的名稱：『工農』百貨公司，『戰鬥』飯館，『紅衛兵』照相館，『衛東』小吃鋪，『東方紅』戲院，『為民』農具修理廠。」敘述者也沒有說什麼繼續看下去，有三個紅衛兵在爭辯，其一便是小張，談的當然是尹縣長的事，但敘述者沒有看下去，「也許旅途勞累」，便「迎著微弱的夕陽向尹老的家。」

首先，那些新的招牌說了什麼，作者不說，但我們知道，這是看風轉舵的表面政治，可以天天變，天天貼，其意義自是不言而喻。同樣地，兩個老太婆拿著「語錄」去質問尹老，喃喃的唸下去，也是一種表面的口頭的遵從權威而已。敘述者看到一場好戲而不看下去，如果是以前的陳若曦，這正是可以大大的發揮她那時的誇張與狂亂的語言去捕捉這場爭辯和到後來公審鬥爭的整個律動，但她沒有，不但沒有，而且沒有正面去描寫。

新社會裡的狂暴面也許比前期的陳若曦看見得更多，但都被完全壓制在語言與事件，讓它們在後面作著無聲的吶喊。敘述者沒有看鬥爭便走了，我們可以解釋為，他是過客，我們也可以說，這種事太多了，天天都發生，他上了飛機，一下子連興安城也不見了，「機窗外，除了山，還是山，是連綿不斷，萬古千秋，偉大的秦嶺。」好比大宇宙中這事件渺小無比，很快就會消失，很快就為人忘記。敘述者看不見的可能更多、比這更殘酷、比這更不合理的事都被淹沒了。敘述者在後來聽到尹縣長的死時，也沒有說什麼，只想起一句「平日誦熟的毛澤東的話：死人的事是經常發生的……」不足為奇。〈尹縣長〉裡有許多話沒有說，但我們卻微微的感著多方的戰慄，由心的深處開始。

我在第一節裡提到〈灰眼黑貓〉中用了外在氣候逐步的變化反映事件的嚴重的層次，在〈尹縣長〉中這手法有了非常有效的發揮。風是她常用的氣象，尹縣長來請教敘述者之前：「自從日頭沒入了山峰後，便颳起了風，入黑以後，更是呼呼作吼，一陣緊似一陣。」尹縣長話問完了，沒有找到變通之法，那時「山風顯著的減弱了，相伴而來是沙沙的雨聲，細細碎碎的，像春蠶啃桑葉一般。」自然現象有意無意間襯托著這場變化的波動。在敘述者回到北京二年後一天遇見小張的堂弟，在敘述尹縣長被公審與行刑之前：「正說著，一陣風颳來，泥沙紙屑都捲起，在空中翻騰，太陽早不知被驅趕到何方去了，滿天昏昏慘慘，一片黃濛濛。我瞇緊眼，頭順著風勢躲，臉皮被風沙刷得麻癢癢的……。」類同的，以外在氣候映照內心的氣候的手法，也出現在「值夜」與「耿爾在北京」。

我們不妨在這裡進一步看景物與象徵的關係，在〈灰眼黑貓〉裡，黑貓象徵了死亡的神秘力，在〈欽之舅舅〉裡，月亮也代表了一種神秘的引力。這類象徵是作者為了小說藝術而製造的，和平常事物有別。「尹」集中的象徵，卻是實際生活事件中的平常事物，其出現自然及合乎事件的需要，它們不必是象徵，但同時做了強烈的象徵意義，卻非作者「專製」，這種象徵最耐人尋味。正如氣候的跡象反映了內心情感的波動，在〈值夜〉裡原是教授的老傅經過了無故的政治檢舉下放後，「千方百計地找來空鑵頭（改做煤油爐），一有空就敲打起來，而一敲打起鐵皮來，他便全神貫注，身旁的事物都視若無睹了。」那種凝注，簡直是藝術家的專一，但我們卻知道，老傅已被迫放棄了他平常的表現方式（教書），而轉向內心，像詩人一樣，沉默地用唯一被容許的方式敲出他的生命和表現！「嘟！嘟！老傅一錐一錐地，敲打在鐵皮上，枯燥而單調。向東竭力不去看他，也不聽那空洞的聲響。他把頭朝上看，數著頭上架著的橫樑：一根、兩根、三根，一根、兩根、三根……」這裡是很明顯的象徵著生命的單調和空白（柳向東曾數次倒剪了手，在桌旁來回踱步）。但這裡柳向東總是在欲語不言的邊緣，有許多我們彷彿聽得見的話在那裡顫抖，這是「明顯象徵」以外的餘弦，陳若曦把握得最好。其他的象徵大都藏在事件裡，都有相當適切的流露。譬如〈耿爾在北京〉裡這一段：「這兩間房的公寓，十年前他剛搬進來時，覺得很狹小擁擠，後來卻越住越感到空曠起來。」空間沒有變大，而心裡的空間反而大起來了，那不是「心遠地自偏」，啊，不是，而是心裡越來越空虛寂寞了。同樣地，〈查戶口〉中的彭玉蓮「敢穿得這麼色彩鮮明，我心裡想，膽子不小呀！」正反映了一般人生活的灰色。一般來說，陳若曦的象徵在我們不知不覺間偷入來，使人有瞿然的驚覺，甚至那較為刻意的任秀蘭的死狀，也是先以事件處理，然後才使人想起象徵。任秀蘭是一個忠心的黨員，由於宗派鬥爭及五日一小、十日一大，變化無常的整風運動而浮屍於廁坑裡，其死狀使到敘述者一陣噁心而昏了過去：

我整整病了一星期。每天就是躺在床上，茶飯無思；閉了眼睛後，一件黑乎乎脹鼓鼓的物體便湧上腦海，使胃泛酸作嘔，想一吐爲快，偏又吐不出來。慢慢的，我也習慣了，知道這不是生理的反應，而是根深柢固地盤據在我心頭的一種感覺，像鉸鏈一般，今生怕是解不開了。

那不堪入目的「黑乎乎脹鼓鼓的物體」便是新社會的系統吧。多少話吐也吐不出來，因為這是一個「結」，它是一個「結」，是因為多少愛多少恨全在其中，如果只是恨，便也沒有「結」了，「解不開」「說不出」是因為「愛」啊，正如兒子對一個罪惡重重的母親能說什麼呢！

所以我們討論陳若曦的「尹」集，不能拋棄她對於完整社會可行性的信念與愛。我們如果細心的讀「尹」集，會驚異的發現到，新社會裡也有不少的「切斷」與「隔離」（如每一家庭都不敢向另一家庭訴出心事），也有不少的「瘋狂」和「暴亂」，甚至有一種新的迷信（如「毛主席」之不可侵犯——見〈晶晶的生日〉），甚至有一種「顛倒的封建制度」（如〈任秀蘭〉中顧醫生不按情理的受牽連，如動不動調查人過去牽連的人物，作種種「抄家」的威脅——見〈晶晶的生日〉，〈耿爾在北京〉等。）但陳若曦沒有用誇張的文字去處理「切斷」與「隔離」，沒有用強烈的辭藻專為「反新迷信」而寫一篇抗議的小說，一切進展是有節制的平靜，這一方面當然是冷靜思維的習慣所給與她的成熟的技巧，但另一方面，我們也可以說她對於完整社會可行性的信念未移。

當她接受了社會主義的呼召的時候，她當然了解到「為理想社會主義制度而犧牲」的基本要求。為了世界大同的未來遠景，她是決心犧牲一般個人的需要，所以她到了南京後，並未為沒有表現的自由而苦惱，胡風當年要爭取這份自由（並非違反社會主義理想的要求），認為作家要認識及體現社會主義的理想，必須像志賀一樣由他自己的藝術出發去完成。胡風因此被打了下去。陳若曦是一個作家，但她為了這未來的遠景，沒有要求保持她做作家的權利，她放棄了寫作，切切實實的獻出她的一份力量（教英文），企圖成為這未來遠景的一個小小的建設者，她甚至了解到，為了完成這個遠景，不惜容忍許多目前制度的錯誤與幼稚，包括其中的新迷信，〈晶晶的生日〉中描寫他們剛到南京時依樣畫葫蘆的大貼「毛主席」的像和擺滿了毛選集，她自然也了解到這是一種表面政治，她容忍著，是希望這是一種過渡情況，她甚至想過，讓下一代有純粹的無產階級的血液與思想，可以參與未來遠景的偉大的建設（俱見〈晶晶的生日〉，〈耿爾在北京〉）。

我們認為陳若曦是相當了解「個人犧牲」是進入社會主義的先決條件的，所以她在小說裡的抗議，不是那簡單而含糊的「反共」二字可以說明的，我們或可如此說，她基本上是相信社會主義的可行性的，她反對的是現行制度硬化後的形式（或可稱為毛式共產制度）。

所謂「個人犧牲」究竟要犧牲到什麼程度，他們是沒有說明的，接受這先決條件的人，每人都有某程度的假定，即是犧牲到做為一個人的最根本的、天性的、本能的存在便無法再犧牲（為一個使命而死的不在這個假定之內。）理想的政治組織應該是：個人為制度所要求的犧牲容忍，但政治組織本身也應容忍個人在未來遠景完成前一些未臻理想的地方。現行制度要做到完全的「無產階級專政」，忽略了兩個事實：㈠這個理想是由知識份子本身構思出來的，他們對無產階級的本能要求是什麼往往還是想當然而已。㈡如果真的由完全沒有知識基礎的無產階級執政（實際上他們不會容許這個現象發生），情況可能不堪設想。但我們認為無產階級確是最接近生命原始粗陋的本義，因為他們過的是最基本的生活，是生命的根源。但他們基本的人性的要求，並非如黨所塑造那樣理想化。知識份子下放原是向貧下中農學習，「既生活在貧下中農的包圍中，還守更巡邏什麼呢？」（〈值夜〉），顯然，一廂情願的去理想化「貧下中農」是缺乏對基本人性及欲望的認識，這群知識份子統治者將他們理想化，是為了達成一種政治目的，他們完全了解，貧下中農和知識份子和一群住在城市的人一樣，基本上有某些相同的欲望、相同的缺點，我們只可以說他們比較純樸而已，所以知識份子統治者一面說他們是「模範」，另一方面對他們作種種的防範。

陳若曦所感到的悲劇，她的近乎無聲的抗議，是當個人退到本能的要求時還無法被硬化了、但又變化無常的制度所容忍。她的呼求不是資本主義下生活可以高枕無憂的知識份子所說的自由，這，在她接受社會主義的召喚時早已放棄，她的是本能生命、基本生命的靜靜的呼喊。

本能生命、基本生命是完全無瑕的，如〈晶晶的生日〉裡的四歲的施紅、晶晶和冬冬，原是沒有「政治錯誤」的枷鎖的，她們真樸自然，不料在一個遊戲中完全出於無心的語言的玩耍喊了一句「毛主席壞蛋」，而受到了「調查、錄音、入檔案！」應該是童言無忌的，現在竟成了「自小一貫反動」，而父母恐懼、憂心如犯了天條！制度硬化到連「天真」(「天真」當然是整個視界中最根本的構成元素) 都扼殺死了，小孩子因此被重重地受責，因為：「一個小孩可以偷，可以搶，但萬萬不能犯政治錯誤！」小孩子——還未受任何文明浸洗或污染的小孩子——犯了「政治錯誤」?!這把退讓到最原始最根本的人性完全扭曲了。「那模樣嚴肅得像個老頭子！」

施紅、晶晶、冬冬，他們的父母雖然有「出身好、很早就入黨」的，有帶著「美帝思想包袱」回國的，也有屬於「紅五類」的，但其「天真無瑕」是一致的，是最基本的人性，無法再削減的個人的核心，是一切完整視界、完整社會組織無法缺少的元素，連這最後的尊嚴都去掉，便是把我們的根拔起了。這，才是令作者最悲傷的。

在這個強制分化和以猜忌來隔離的組織裡，作者仍然發現不少的「本能完整性」的可愛人物，如晶晶的保母安奶奶，性子爽直憨厚，完全不帶政治的陰影和居心，如「東來順」館子裡人情味很濃的老魯，（〈耿爾在北京〉），甚至那出身「紅五類」的王阿姨，「在家務上，她常替我出主意。譬如僱請保母的事，不是她替我張羅，我人地生疏，便一籌莫展了。」（〈晶晶的生日〉）最令人感動的是，這「本能的完整性」呈現在國棉三廠工人小晴兒的身上：

耿爾再不曾遇到比她襟懷更坦白的女子，沒有絲毫的矯揉造作，總是那麼純樸，那麼自然……自從遇到了她，自己幾十年漂泊異鄉所積累的那份落落無歸的感覺，便消失無蹤了，與她在一起……好像解除了一切壓抑，無需矯飾掙扎，一如回到了童年時代。她喜歡笑，笑得那麼爽朗，那麼明亮，又那麼溫暖，好像大地回春，陽光普照……小晴曉得他的留學生身份，也絕無絲毫歧視——不像很多同事背後喊他「美國佬」，使他感到像隻烙了火印的牛仔，終身洗刷不掉。（〈耿爾在北京〉）

小晴兒不但是社會主義中最典型的無產階級，但也是作者理想的完整視界中的骨幹，最根本的純樸自然無邪，但這一個理想的形象卻犧牲在反自然的硬化了的制度。她和耿爾原是理想的結合，竟因為耿爾（一個決心把在外國所學獻身給社會主義偉大的建設的知識份子）的「烙印」而被黨阻撓了。如果我們要為未來的遠景的實現要求個人在過渡時期的犧牲與容忍，執政者就不能容忍一個已經摒除其過去、出心以誠、又未犯政治錯誤的回歸者嗎？所謂「思想包袱」，往者往矣，所謂「出身」，不但屬於已死的過去，有時是屬於上一代的，為什麼會成為一個洗不清的烙印呢？是一個真的劣根嗎？還是某些人利用來作政治遊戲的籌碼？籌碼是一個籌碼，籌碼是沒有生命的，存棄要看賭局的進展如何？這是否還可以使生命與意義凝一而不分呢？如果文化、經濟、政治可以如店名的招牌天天換天天貼，它們凝一的元形在何處可以覓得？

晶晶的媽媽在聽到晶晶也喊了「毛主席壞蛋」所闖出的「政治錯誤」的「嚴重性」時：

肚子裡的胎兒這時突然動起來，那本來會給我一種神秘、幸福的感覺，現在卻轉爲一次意外的、痛楚的刺激。我忘了淚水，雙手趕緊捧住肚子。

他們原是要小生命長於紅旗之下，作一個「純紅」血液的建設者，他們知道自己的烙印和包袱無法去掉，覺得他們下一代可以繼承他們的志向，但現在一層陰影重重的壓下，他們想，或許他們應該忘記那「解不開」「說不出」的「結」，捧住還未生下的「純樸」和「完整」走上另一條現在無法認知的旅程去。

——一九七七年十月廿一日加拿大

《尹縣長》相關評論索引

評論文章	評論者	原載處	原載日期
陳若曦著〈任秀蘭〉讀後	寒　爵	中國時報	一九七五年二月二十日
批判的文學：評〈尹縣長〉	域外人	中國時報	一九七五年三月二十二日
潑殘生	劉紹銘	中國時報	一九七五年七月十七日
《覺醒文藝》論——評〈尹縣長〉	王集叢	文　壇	一九七六年
孩子眼中雞——讀陳若曦〈查户口〉後感	楚　軍	聯合報	一九七六年二月二十二日
虎口餘生話劫灰	劉紹銘等	海外文摘	一九七六年三月
我看〈耿爾在北京〉	林冬燦	中國時報	一九七六年三月十八日

篇名	作者	刊載	日期
柳迎春，小金，耿爾——讀〈耿爾在北京〉	管　管	中國時報	一九七六年三月十八日
寫在《尹縣長》出版後	陳若曦	聯合報	一九七六年三月三十日
恐懼與掙扎——讀陳若曦短篇小說集《尹縣長》	項　青	書評書目	一九七六年五月
〈查戶口〉讀後	丁肇琴	明道文藝	一九七六年五月
評陳若曦的〈晶晶的生日〉	蔡丹治	聯合報	一九七六年五月二十日
談陳若曦的書	葉經柱	中央日報	一九七六年六月十七、十八日
清涼山的訪客	尼　洛	中央日報	一九七六年七月五、六日
研讀〈尹縣長〉的內涵	弦外音	臺灣日報	一九七六年十月六日
談陳若曦的《尹縣長》	劉習華	書評書目	一九七七年一月
同歸幻滅——評陳若曦的〈值夜〉	尼　洛	中華日報	一九七七年七月十一日
任秀蘭之死	立　一	青年戰士報	一九七七年八月八日
陳若曦的回憶	鄭永孝	中外文學	一九七七年九月

篇名	作者	刊物	日期
烏托邦的追尋與幻滅	白先勇	中國時報	一九七七年十一月一日
尹縣長的教育作用	夏陽	今日中國	一九七七年十二月
我讀《尹縣長》	思恆	愛書人	一九七八年一月十一日
暴政一句詩——評陳若曦的〈晶晶的生日〉	尼洛	海外學人	一九七八年四月
尹縣長：中國的比利巴德	歐陽鳴	中國時報	一九七八年七月一日
評《尹縣長及其他》	黃驤	聯合報	一九七八年七月一日
《尹縣長》英譯本出版	邱秀文	中國時報	一九七八年七月一日
大陸眞相——英譯《尹縣長》書評	韋克曼	中國時報	一九七八年七月六日
陳若曦筆下的南京蕩婦	白圭	藝文誌	一九七八年八月
我英譯《尹縣長》之經過	殷張蘭熙	聯合報	一九七八年八月二十八日
從陳若曦《尹縣長》英譯本發行說起	尼洛	文學思潮	一九七八年九月
中國大陸的眞相——評《尹縣長》及其他	韋克曼	文學思潮	一九七八年九月
《尹縣長》及其他英譯本在	黃驤	幼獅文藝	一九七八年九月

西方文壇的迴響			
中共的古拉格群島——《尹縣長》	文　儀	愛書人	一九七九年三月
尹縣長的社會背景	尼　洛	明道文藝	一九七九年五月
這兩個中國人的書——陳若曦〈尹縣長〉、張旭成〈中共權力與政策〉	祝仲義	中國時報	一九七九年五月十六日
血肉凝鍊的匕首——無辜就死的尹縣長	方念國	民聲日報	一九七九年五月十六日
陳若曦的旅程	葉維廉	聯合報	一九八〇年一月三十一日
從憧憬幻滅到徬徨	葉石濤	文學界	一九八五年五月
墨未濃的《尹縣長》	金　兆	聯合文學	一九八六年一月一日
讀陳若曦的《尹縣長》	黃芽白	明　報	一九八六年九月
陳若曦小說論	汪叉生 潘亞暾	台灣研究集刊	一九八八年
尹縣長	萬榮華	中國時報	一九九三年八月七日
尹縣長	鄭健立	翰海觀潮	一九九七年五月

篇名	作者	出處	日期
陳若曦——〈耿爾在北京〉賞析	洪醒夫	洪醒夫全集九 評論卷	二〇〇一年六月
陳若曦小說集《尹縣長》	應鳳凰	國語日報	二〇〇一年六月十六日

典藏小說 12

尹縣長

作者	陳若曦
策畫	陳雨航
創辦人	蔡文甫
發行人	蔡澤玉
出版發行	九歌出版社有限公司 臺北市105八德路3段12巷57弄40號 電話／02-25776564・傳真／02-25789205 郵政劃撥／0112295-1
九歌文學網	www.chiuko.com.tw
印刷	晨捷印製股份有限公司
法律顧問	龍躍天律師・蕭雄淋律師・董安丹律師
初版	1976年3月（遠景版・共28次印刷）
增訂初版	2011年10月
增訂初版4印	2024年5月
定價	**340元**

書號　0104012

ISBN　978-957-444-789-3

（缺頁、破損或裝訂錯誤，請寄回本公司更換）

國家圖書館出版品預行編目資料

尹縣長 / 陳若曦著. – 增訂初版. -- 臺北市：
九歌, 2011.10

面； 公分. -- (典藏小說；12)

ISBN 978-957-444-789-3(平裝)

857.63 100016090